툴툴마녀는 생각을 싫어해!

김정신 글 · 마정원 그림

진선아이

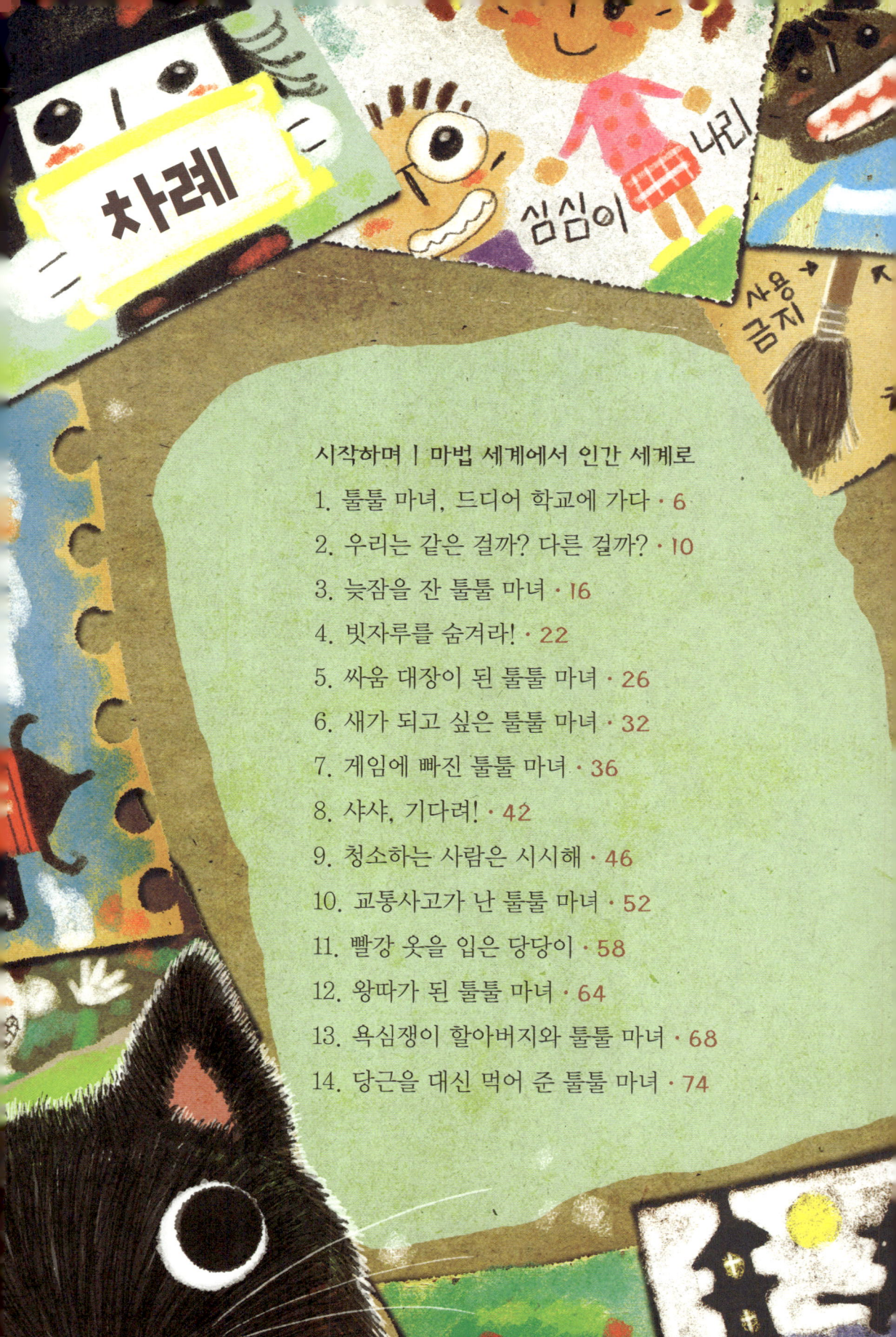

차례

마법 세계에서 인간 세계로

검은 방에서 검고 큰 고깔모자를 쓴 마녀가 울고 있었어.

검은 고양이 샤샤가 살며시 마녀의 무릎 위에 앉았지만,

사방이 온통 까매서 전혀 위로가 되지 않았지.

울고 있는 마녀의 이름은 '툴툴'이야.

만날 툴툴대기를 좋아해서 붙은 이름이지.

그런데 툴툴 마녀가 왜 울고 있냐고?

그건 인간 세계에 내려가기 싫어서야.

하지만 인간 세계에서 얼마 동안 지내고 오는 것은

마법 세계의 필수 코스야. 일종의 성인식이지.

하지만 오래오래 아이처럼 살고 싶은 툴툴 마녀는

인간 세계로 내려가고 싶은 생각이 조금도 없었어.

게다가 말도 안 통하는 인간들과 어떻게 살아갈지 막막했지.

'검은 방'은 툴툴 마녀가 시위하는 장소야.

무언가 하기 싫은 일이 있을 때 이 방에서 소리를

고래고래 지르고 온갖 마법을 부리지.

"툴툴 마녀님, 제가 따라갈 테니까 걱정 말아요."

샤샤가 얼굴을 부비면서 위로를 했지만 툴툴 마녀의
울음은 그치지 않았어.
마왕이 검은 방에 들어온 건 바로 그때였어.
"툴툴아, 내가 크게 양보해서 인간 세계에서의 기간을
줄여 주겠다. 그러니 그만 울거라."
그제야 툴툴 마녀는 조금 위안이 된 듯 울음을 멈추었어.
"하지만 인간 세계에서도 지금처럼 툴툴댔다간
왕따를 당할 거야. 그러니까 깊이 생각하고
주변 사람들을 배려하는 훌륭한 어른이 되어 돌아오너라."
마왕이 툴툴 마녀를 안아 주었어. 하지만 툴툴 마녀는
'쳇, 난 어른은 되지 않을 거야. 절대로!'라고 생각했지.
인간 세계에 내려간 툴툴 마녀에게 어떤 일이
기다리고 있을까?

1. 툴툴 마녀,
드디어 학교에 가다

오늘은 툴툴 마녀가 학교에 가는 첫 날이야.

벌써 한 시간째 툴툴 마녀는 거울 앞에 서 있었어.

삐딱한 성격에 외모에는 무관심한 툴툴 마녀였지만 오늘은 왠지 신경이 쓰였지.

빳빳하고 검은 긴 머리, 찢어진 두 눈, 짧은 코에 삐쭉한 입술. 길게 설명하지 않아도 툴툴 마녀의 얼굴은 아이들과 많이 달랐거든. 게다가 옷은 또 어떻게 입어야 할지 막막했어.

앞머리를 깻잎처럼 붙여 보았다가, 노란 나비를 잡아 핀으로 꽂아 보기도 했다가, 머리를 돌돌 말아 나뭇가지로 고정을 시켜 보기도 했어. 하지만 하나도 마음에 들지 않았지.

"쳇, 이런 모습으로 갈 바에는 개구리 탈을 쓰고 가는 게 훨씬

낫겠어!"

시계 바늘은 점점 등교 시간과 가까워지고 있었어.

"툴툴 마녀님, 원래 마녀님 모습이 가장 멋있고 예뻐요."

울상이 된 툴툴 마녀에게 검은 고양이 샤샤가 말했어.

"마녀가 사람처럼 보이려고 하다니……. 전 조금 자존심이 상하는걸요."

그 말에 툴툴 마녀는 소리를 버럭 질렀어.

"뭐? 그럼 내가 자존심도 없는 마녀란 말이야?"

"아…, 아니…, 그게 아니라요……."

"됐어!"

툴툴 마녀는 샤샤에게 소리는 질렀지만 마음속으로 샤샤의 말이 반가웠어.

툴툴 마녀의 생각

샤샤 녀석, 알고 보면 참 기특하단 말이야.
맞아, 내가 남과 다르다고 해서 이상할 게 뭐야?
난 나야, 나니까 특별한 거라고!

사실 마녀가 마녀 모습으로 학교에 간다는 데, 뭐랄 사람이 누가 있겠어? 다시 생각해 보니 샤샤 말대로 인간 모습을 흉내 낸게 자존심 상하는 일이었어. 하늘을 날 수 있는 빗자루도 있고 내키면 마법도 부릴 수 있는데 말이야. 물론 인간 세계에 있는 동안 마법 사용은 금지야.

그래서 툴툴 마녀는 있는 모습 그대로 학교에 가기로 했어.

학교는 생각했던 것보다 나쁘지 않았어.

툴툴 마녀는 옛날에 마녀 수업을 받을 때가 생각났어. 아주 낡고 오래된 건물에서 검은 옷을 입은 어린 마녀들이 모여 공부를 했었지. 박쥐도 날아다니고 구린 냄새도 나는 그런 곳이었어. 그곳에 비하면 인간 세계 학교는 반짝반짝 윤이 났어.

"여러분, 오늘부터 같이 공부하게 된 툴툴 마녀예요."

선생님이 소개를 하자, 쉰여덟 개의 눈알이 툴툴 마녀를 바라보았어.

"흠, 흠…, 난 툴툴 마녀라고 해. 앞으로 나에게 잘 보여야 할 거야. 난 마녀니까!"

아이들이 '우우우' 소리를 냈어. 선생님이 툴툴 마녀의 머리를 콩 쥐어박았지.

"학교에선 모두 똑같은 학생이라는 걸 명심해요!"

툴툴 마녀는 입을 삐죽 내밀며 맨 끝 빈자리에 가서 앉았어.

나와 너에 대한 생각

나
장점 마법을 부릴 수 있다.
예쁘지는 않지만 사랑스러운 외모다.
단점 불만을 자주 툴툴거린다.
남을 조금 무시한다.

샤샤
장점 나보다 작지만, 생각이 깊다.
단점 가끔 아니 자주 나를 놀린다.

아이들
장점 마법은 부릴 수 없지만 귀여운 면이 있다.
호기심이 많고 정이 많은 것 같다.
단점 만만하게 볼 녀석들이
아닌 것 같다.

2.우리는 같은 걸까?
다른 걸까?

툴툴 마녀의 짝은 혼자 앉아 있던 까망콩이야. 까망콩은 얼굴이 작고 까매서 붙여진 별명이래.

"안녕?"

툴툴 마녀가 대수롭지 않게 먼저 인사를 했어.

"아… 안녕."

까망콩이 들릴 듯 말 듯 작은 목소리로 인사를 했어. 까망콩은 툴툴 마녀의 얼굴을 제대로 쳐다보지도 못했어.

'뭐 이런 애가 다 있담?'

툴툴 마녀는 까망콩이 별로 마음에 들지 않았어.

게다가 까망콩은 참 이상해. 수업 시간에는 말똥말똥한 눈으로 선생님을 쳐다보며 고개 한 번 숙인 적이 없는데, 쉬는 시간만

되면 주눅이 들어 옴짝달싹을 못하는 거야.

그때 한 아이가 까망콩에게 다가왔어.

"야, 넌 너희 나라에 가서 공부하지 왜 만날 우리 교실에 오냐?"

툴툴 마녀가 그 아이에게 물었지.

"얘도 나처럼 다른 데서 왔어?"

"얘네 엄마가 다른 나라에서 왔으니까 얘도 다른 나라 사람인 거 아냐?"

까망콩네 엄마는 멀리 더운 나라에서 시집을 왔대. 엄마가 다른 나라 사람이라서 까망콩은 어렸을 때 공부를 제대로 못 배웠대. 그래서 다른 아이들에 비해 모든 것이 부족하지. 그게 만날 아이들에게 놀림을 받는 이유였어.

툴툴 마녀는 생각했어.

툴툴 마녀의 생각

선생님은 우리가 모두 똑같은 학생이라고 하셨어.
그런데 가만 보면 아이들은 서로를 똑같다고 생각하지
않는 것 같아. 왜 그럴까?
공부를 잘하고 얼굴이 잘 생기고 힘이 세면,
그렇지 않은 아이보다 뛰어난 걸까?
그럼 당연히 내가 얘들보다 한 수 위겠네!

'까망콩도 학교 생활이 많이 서툴다 이거지. 그러면 이제 갓 인간 세계에 온 나나 까망콩이나 같은 거네?'

그렇게 생각하니 툴툴 마녀는 까망콩이 좀 불쌍해 보였어. 그러다가 또 화가 나서 참을 수가 없었어. 선생님이 분명히 학교에서는 마녀나 아이들이나 모두 똑같은 학생이라고 말했잖아. 그런데 정작 아이들은 그렇게 생각하지 않다니!

'쳇, 예전 같았으면 못된 아이들에게 마법을 걸어 머리 나쁜 참새로 만들어 버릴 텐데!'

하지만 그럴 수는 없어. 인간 세계에서는 마법을 쓰면 안 되니까. 수업이 모두 끝나고 선생님이 자리를 비우셨어. 툴툴 마녀는 그때를 틈타 교실 맨 앞으로 나갔지. 찢어진 두 눈을 한껏 치켜뜨고, 쿵쿵 발소리를 내면서 말이야. 하지만 막상 앞으로 나가니 말문이 막혔어. 아이들이 소란을 피우며 툴툴 마녀를 쳐다봤어.

"흠흠, 조용, 조용!"

툴툴 마녀가 교탁을 '쾅쾅' 쳤어. 그리고 한참을 망설이다가 고래고래 고함을 질렀지.

"너희들, 내가 마녀인 거 잊지 않았겠지? 이제부터 까망콩을 놀리는 애는 개구리나 참새로 만들어 버릴 줄 알아!"

툴툴 마녀가 잘하고 있나 창문에서 지켜보던 샤샤는 자기 머리를 쥐어박았어.

'에구구, 그러면 그렇지. 툴툴 마녀님이 그렇게 차분하게 말할

리가 없지.'

　아이들 눈이 동그래지더니, 하나 둘씩 가방을 챙겼어. 그러고
는 슬금슬금 툴툴 마녀를 피해 집으로 달아났지. 까망콩만 멍하
게 툴툴 마녀를 바라봤단다.

나와 다르다는 생각

틀린 생각

아이들이 생각하는 다른 것

아이들은 자신과 얼굴색이 다르거나
공부를 못하는 친구를 볼 때,
우리와 타르다고 생각해.

옳은 생각

툴툴 마녀가 생각하는 다른 것

나는 툴툴거리는 걸 잘하지만
까망콩은 얌전한 것이 나와 달라.
샤샤는 고양이라 나와 다르지.

사람들은 '나'와 다를 수 있어. 얼굴색은
물론이고 성적도 달라. 나와 다르다고 해서
'틀렸다.'라거나 잘못된 것은 아니지.
모두 각자의 개성이 있는 거니까.

3. 늦잠을 잔 툴툴 마녀

샤샤가 툴툴 마녀의 머리카락을 마구 잡아당겼어.

"일어나요, 일어나! 벌써 9시가 다 되어 간다고요!"

툴툴 마녀의 귀가 마치 당나귀 귀처럼 쫑긋해졌다가 다시 작아졌어.

"뻥치시네. 그만 좀 해, 샤샤! 잠 좀 자자고. 음냐음냐~"

"정말이라니까요. 오늘도 늦으면 일주일째 지각이라고요!"

그제서야 툴툴 마녀는 벌떡 일어났지.

"앗! 여기는 인간 세계지! 큰일 났다. 샤샤, 진작 좀 깨우지 그랬어!"

툴툴 마녀는 오히려 샤샤에게 큰 소리

를 쳤어.

툴툴 마녀는 세수도 하는 둥 마는 둥, 이빨도 닦는 둥 마는 둥, 머리도 빗는 둥 마는 둥하고 후다닥 뛰어나갔어.

"에이, 이럴 때 빗자루를 타고 날아가면 얼마나 좋아!"

그렇게 툴툴거리며 학교로 뛰어갔지만, 벌써 1교시 수업이 시작한 뒤였지.

"툴툴 마녀! 정말 이럴 거예요?"

슬금슬금 교실로 들어서는 툴툴 마녀를 보던 선생님 두 눈이 번뜩거렸어. 선생님이 소리쳤어.

"툴툴 마녀! 학교에 잠옷을 입고 오면 어떡해요!"

아이들은 교실이 떠나가라 웃어댔어.

이런, 이런! 너무 정신이 없었던 툴툴 마녀는 잠옷을 갈아입을 생각조차 못했던 거야.

얼굴이 빨개진 툴툴 마녀가 자리에 앉았어.

'내 사전에 이런 망신을 당하다니! 아이고 창피해!'

툴툴 마녀는 도무지 수업 내용이 귀에 들어오지 않았어. 그렇게 얌전하던 까망콩도 오늘따라 피식피식 웃음을 참지 못했지.

하지만 창피함도 잠시뿐 툴툴 마녀는 졸음이 오기 시작했어. 어제 밤늦게까지 만화책을 보았거든. 꾸벅꾸벅 툴툴 마녀가 수업 시간 내내 졸다가, 땡땡 쉬는 시간 종소리가 나서야 고개를 번쩍 들었지.

"아함~"

툴툴 마녀는 길게 기지개를 켜며 크게 하품을 했어.

"으! 이게 무슨 냄새야?"

아이들이 코를 쥐고 얼굴을 찡그렸어. 툴툴 마녀는 아랑곳도
없이 다시 하품을 했지.

"으, 툴툴 마녀 입에서 썩은 냄새가 나!"

맞아. 그건 툴툴 마녀 입에서 나는 고약한 냄새였지. 툴툴 마녀
는 깜짝 놀라 하품을 하다 말고는 길쭉한 손으로 입을 탁 막았어.

"읍!"

"아침에 이도 안 닦고 온 거야?"

"으아, 눈곱도 끼고, 머리도 안 빗은 거 같아!"

"더러운 툴툴 마녀!"

아이들이 한 마디씩 했어. 툴툴 마녀의 얼굴이 또 빨개졌지.

"야, 이래 봬도 마녀 세계에선 깔끔이로 통했다고!"

툴툴 마녀는 오히려 큰 소리를 치며 재빨리 교실 밖으로 나왔어. 아이들 시선 때문에 뒤통수가 따가웠지. 툴툴 마녀는 곧바로 화장실로 달려갔어. 수도꼭지를 틀어 세수를 하고 입도 여러 번 헹구었어. 그러고는 거울을 보았지.

"쳇, 이 정도면 괜찮은데…… 적어도 내가 샤샤보다 깨끗하다고. 그런데 내 입 냄새가 그렇게 심하나?"

툴툴 마녀는 두 손을 모아 입에 대고는 숨을 내쉬어 보았어.

"크악!"

툴툴 마녀는 다시 수도꼭지를 틀어 입을 열 번도 더 헹구었어.

툴툴 마녀의 생각

왜 매일매일 씻어야 하는 거지?

그렇게 자주 씻으면 오히려 물을 낭비하는 것 아냐?

그리고 남이야 씻건 말건 무슨 상관이야?

난 씻는 게 정말 싫다고!

화장실 문 앞에는 언제 왔는지 샤샤가 있었어.

"툴툴 마녀님, 옷하고 치약 묻힌 칫솔 가져왔어요."

"됐어."

그러면서도 툴툴 마녀는 샤샤가 챙겨온 옷을 슬쩍 집어 들었지.

"툴툴 마녀님, 그렇게 안 씻다가는 정말 왕따가 될지도 몰라요."

"왕따라고? 내가? 참나, 내가 왕따를 시킨다면 몰라도……."

툴툴 마녀는 그렇게 말했지만 내심 걱정이 들긴 들었어.

"툴툴 마녀님, 제가 안 좋은 냄새를 풍기고 다닌다면 같이 살 맛이 나겠어요?"

샤샤가 말을 끝내고는 엉덩이를 툴툴 마녀 앞에 들이댔어. 그러고는 방귀를 '뽀옹' 뀌었지.

"윽, 어디다 고약한 냄새를 풍기는 거야!"

"그것 봐요. 아이들도 똑같다고요. 안 좋은 냄새를 좋아하는 사람은 별로 없을걸요."

샤샤는 툴툴 마녀의 손에 칫솔을 쥐어 주고는 얼른 창문을 넘어갔지. 툴툴 마녀는 칫솔을 들고 다시 화장실로 들어갔단다.

툴툴 마녀의 청결 비법

- ☑ 아침에 일어나면 얼굴 닦기
- ☑ 밤에 자기 전에도 얼굴 닦기
- ☑ 이 닦을 때 가장 중요한 건 삼삼삼! 하루에 세 번, 밥 먹은 후 삼 분 이내에 삼 분 동안 이 닦기
- ☑ 머리는 이삼일에 한 번 감아 잘 말리고 빗어 주기

이것이 얼짱의 비법! 동안의 비법!
청결하면 뭐가 좋을까? 병에 걸리지 않지,
치과에 안 가도 되지, 좋은 냄새가 나서 인상도 좋아져.
오늘부터 청결 비법을 만날 만날 따라 해 보는 건 어때?

4. 빗자루를 숨겨라!

    토요일이야. 해가 중천에 떴는데 툴툴 마녀는 아직도 꿈나라였지. 샤샤가 팔을 '톡' 건드려 보고, 엉덩이도 '툭' 쳐 보았지만 툴툴 마녀는 일어날 생각이 없나 봐.

    집안은 쥐죽은 듯 조용했어. 하지만 대문 밖에서는 소란스런 소리가 나고 있었지.

    "이 집은 왜 이렇게 더러워?"

    동네 사람들이 툴툴 마녀네 집 주변에 모여 있었어.

    "분리수거도 안 하고, 어휴! 저 음식물 쓰레기 좀 봐."

    그도 그럴 것이 대문 밖에는 생선 뼈다귀며, 툴툴 마녀가 먹다 던진 사과 부스러기 같은 것이 널려 있었거든.

    사람들은 집 안을 기웃거리며 화를 냈어.

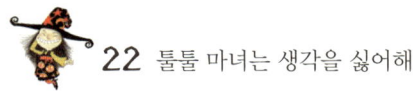

"저기 봐, 저 안에 빗자루도 있는 것 같은데, 분리수거는커녕 청소도 안 하고 사나 봐요!"

집 안에 숨어서 바깥을 살피던 샤샤가 툴툴 마녀를 흔들었어.

"큰일 났어요. 빨리 일어나 보세요!"

툴툴 마녀는 샤샤를 발로 차며 짜증을 냈지.

"뭐가 만날 큰일 났다는 거야?"

"밖에서 이웃들이 난리가 났단 말이에요!"

눈을 반쯤만 뜬 툴툴 마녀가 물었어.

"이웃들이 왜?"

"우리가 버린 쓰레기 때문인 것 같아요."

툴툴 마녀는 머리를 긁적이며 일어났어. 아주 신경질이 났지.

"에이, 인간 세계는 뭐가 이렇게 복잡해? 그냥 편하게 살면 되는 거지."

툴툴 마녀의 생각

내 집 앞인데 내 맘대로 하면 어때서?
사람들은 아무 것도 아닌 일 갖고 트집이라니까.
이제껏 길거리건 학교 앞이건 내 맘대로 쓰레기를
버렸는데, 내 집 앞이라고 못 버릴 이유가 없잖아.
그런데 쓰레기가 그렇게 보기 흉한 거야?

그때 한 남자가 문을 '쿵쿵' 두드렸어.

"빨리 나와서 치우지 못해요! 아니면 내가 들어가서 그 빗자루로 치우는 방법을 알려 주겠소."

툴툴 마녀는 빗자루 소리에 깜짝 놀랐어. 귀한 마법 빗자루로 쓰레기를 치운다고? 툴툴 마녀가 빗자루를 꼭 껴안고는 창문 밖으로 얼굴을 빠끔히 내밀었어.

"제가 오늘 안으로 치워 놓을 테니까 문은 그만 두드리세요."

사람들이 모두 돌아가자 툴툴 마녀는 빗자루를 내려놓았지.

"이게 얼마나 비싼 빗자룬데 이걸로 쓰레기를 치운단 말이야! 에이, 인간 세계에서 마법을 부릴 수도 없고. 그런데 정말 쓰레기를 치워야 하는 거야? 내 집 앞인데 왜 남들이 야단이야?"

그러자 샤샤가 꽤 근사한 방법 하나를 말하는 거야.

"그럼 반대로 옆집에다 쓰레기를 갖다 놓고 그 모습이 어떤지 보면 이웃 사람들이 왜 그러는지 알 수 있지 않을까요?"

그래서 툴툴 마녀와 샤샤는 쓰레기를 쓸어 옆집 앞에 갖다 놓았지.

"어휴, 저 집 앞이 더러우니까 이 동네가 다 더러워 보이는군."

그제서야 툴툴 마녀는 사람들이 왜 그렇게 야단이었는지 알 수 있게 되었어.

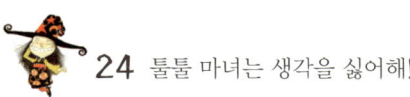

툴툴 마녀의 생활 습관 고치기

날짜 : 이웃들이 몰려와 시끄러웠던 날

날씨 : 글쎄 해가 떴었나, 안 떴었나?

갑자기 이웃들이 몰려왔다.

그러고 보니, 난 너무 이기적이었나 보다.

이웃 생각은 안 하고, 밖에 쓰레기를 버렸다.

아침에 샤샤가 깨울 때도 신경질만 내고,

샤샤 말은 잘 듣지도 않고 내 말만 했던 것 같다.

나만 중요하게 생각하고 다른 사람은 덜 중요하다고

생각했던 것 같다. 샤샤 보기가 부끄럽다.

앞으로는 이기심을 버리고, 생활 습관도 고쳐야겠다.

이제부턴 먹고 남은 음식물은 음식물 쓰레기통에

잘 버리고, 과자 봉지는 휴지통에 버려야지!

침도 함부로 뱉지 않고 휴지에 뱉어서 버릴 거야.

어질러 놓은 것은 바로 치워야지.

집 앞도 깨끗하게 쓸어 놓을 거야!

5. 싸움 대장이 된
툴툴 마녀

"어쭈, 날 건드렸겠다!"

당당이가 눈을 치켜떴어.

"그래, 어쩔 건데?"

툴툴 마녀의 눈에서도 불꽃이 튀었지.

'빗자루가 있다면 이 녀석을 흠씬 두들겨 줄 텐데!'

하지만 아쉽게도 빗자루는 집에다 고이 모셔두고 나왔는걸.

사실은 이런 일이 있었어. 툴툴 마녀는 인간 아이들 생김새가 참 웃기다는 생각이 들었어. 처음엔 자기가 인간 아이들과 다르게 생겼다고 생각했어. 하지만 인간 아이들을 가만히 들여다보고 있자니까 웃기게 생긴 아이들이 많았던 거야. 그래서 아이들이 지나갈 때마다 괜히 흉을 보았지.

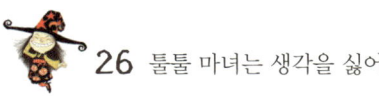

"얼굴이 생기다 말았네!"

"뭐야, 키가 꺽다리같이 큰 게 꼭 쓸모없는 사다리 같잖아!"

"캬아, 뭘 그렇게 많이 먹었길래 저렇게 뚱뚱하담?"

아이들이 지나갈 때마다 툴툴 마녀가 짓궂은 소리를 하니 아이들은 기분이 나빴지. 그중에도 키가 큰 당당이는 참을 수가 없었어.

"마음은 볼 줄도 모르면서 외모만 보고, 남의 흉만 보는 나쁜 마녀!"

당당이가 툴툴 마녀를 가리키며 소리쳤어. 그러자 다른 아이도 덩달아 소리쳤지.

"외모보다 중요한 건 마음이라고!"

감히 인간 아이들이 마녀에게 대들다니! 툴툴 마녀는 화가 나서 참을 수가 없었어. 당장 싸움 잘하는 호랑이로 변신하고 싶었어. 날카로운 발톱으로 당당이의 얼굴을 긁어 주려고 말이야. 그러면 당당이는 금방 닭똥 같은 눈물을 뚝뚝 흘리며 잘못했다고 빌 것 같았거든.

'호랑이 대신 매운 맛을 보여 주마!'

툴툴 마녀는 결심이라도 한 듯 당당이 어깨를 세게 밀었지. 하지만 당당이도 가만있지 않았어. 당당이는 태권도 실력이 대단했거든. 발차기로 툴툴 마녀의 턱을 날려 버릴 듯이 달려들었지.

하지만 다행스럽게도 큰 싸움이 일어나지는 않았어. 그때 마침 선생님이 들어왔거든. 툴툴 마녀와 당당이는 씩씩대며 제자리로 가서 앉았지. 툴툴 마녀는 하루 종일 선생님 눈치만 보며 당당이와 재대결할 기회만 노렸어. 하지만 수업이 끝날 때까지 그런 기회는 좀처럼 오지 않았지.

수업이 끝나자, 아이들이 '우르르' 몰려오는 거야. 툴툴 마녀를 사납게 노려보면서 말이야. 툴툴 마녀는 잽싸게 집으로 달리는 수밖에 없었지.

집에 돌아온 툴툴 마녀는 아직도 분이 안 풀리는지 탁자를 세게 '쿵쿵' 쳤어. 오늘도 교실 창가에 숨어서 모든 걸 지켜본 샤샤가 슬며시 말을 꺼냈어.

"툴툴 마녀님, 그렇게 분하게만 생각하지 마요. 누가 옳은지 알아보면 되잖아요."

"어떻게 말이야?"

"외모와 마음씨가 어떻게 다른지 비교 노트에 적어 보면 알 수 있을 것 같은데요."

그래서 툴툴 마녀는 신경질적으로 비교 노트를 펴고 적기 시작했지.

툴툴 마녀의 생각

내 말이 맞다니까! 누군가를 처음 볼 때
바로 눈에 보이는 것이 외모잖아?
그러니까 사람을 외모로 판단하게 되는 거지!
하지만 샤샤가 해 보라니까 한번 해 보지 뭐.
그런데 정말 외모보다 더 중요한 게 있기는
있는 거야? 외모가 그 사람의 전부가 아닌 거야?

"비교 노트를 써 보니 외모로 아이들을 판단하는 건 잘못된 거였나 봐. 이제부터 얼굴보다 마음씨를 봐야겠어!"

툴툴 마녀의 화가 풀리기 시작했나 봐. 샤샤는 빙그레 웃으며 말했어.

"에고, 하나 배우셨네요!"

툴툴 마녀의 비교 노트

당당이

외모	키가 큰 게 쓸모없는 사다리 같다. 사실 나도 당당이와 키가 비슷해. 그리고 사다리는 꼭 필요한 거잖아.
마음씨	나쁜 것은 '나쁘다', 좋은 것은 '좋다'라고 당당하게 말하는 당당이는 정의의 사나이야.

심심이

외모	얼굴이 심심하게 생겨서 같이 놀면 심심해질 것 같다. 하지만 외모는 스스로 선택하는 게 아니잖아.
마음씨	얼굴은 심심해도 재밌는 놀이를 많이 알고 있고 언제나 함께 하자고 한다.

뚱땡이

외모	포도 알처럼 뚱뚱해서 내 밥도 뺏어 먹을 것 같다. 하지만 약한 것보다 건강한 게 좋은 거잖아!
마음씨	먹을 것을 가져오면 나에게 하나씩은 꼭 준다.

초롱이

외모	내 눈보다 크고 빛나서 얄밉다. 사실은, 눈이 예쁘니까 자꾸 보게 된다.
마음씨	큰 눈만큼 마음도 착해서 잘 운다.

6. 새가 되고 싶은
툴툴 마녀

오늘은 시험을 보는 날이야.

채점한 시험지를 받아든 툴툴 마녀는 머리를 쥐어뜯었어. 오늘
도 수학 시험에서 50점을 받았기 때문이야. 선생님은 틀린 문제
를 다시 풀어 보고 집에 가라고 하셨지.

학교에 남은 학생은 툴툴 마녀와 당당이, 심심이, 그리고 까망
콩이었어.

툴툴 마녀는 또 툴툴거릴 수밖에 없었지.

"어휴, 이렇게 어려운 문제를 어떻게 풀어? 오늘이 다 가도 난
못 풀겠다. 항복!"

그러자 당당이가 말했어.

"찬찬히 풀어 봐. 선생님이 푸는 방법도 다 가르쳐 주셨잖아."

"공부는 대체 왜 하는 거야? 난 자유롭게 살고 싶다고!"

툴툴 마녀가 연필을 집어 던졌어. 바닥에 떨어질 뻔한 연필을 심심이가 간신히 잡아챘지.

"이야, 던진 연필을 잡는 놀이도 재밌는걸!"

심심이 눈이 초롱초롱 빛났어. 까망콩만 틀린 문제를 푸느라 진땀을 흘리고 있었지.

툴툴 마녀는 창밖을 보다가 날아가는 새를 보았어.

"저 새처럼 자유로웠으면!"

마법 세계에서 빗자루를 타고 기분 좋게 날았던 때가 떠오른 거야.

"새들이 자유롭다고? 그렇지 않아."

당당이가 말했어.

"정말? 저렇게 맘대로 날아다니는데?"

심심이가 대꾸했어. 까망콩도 당당이를 쳐다보았지.

"새들은 태어날 때부터 사는 곳과 날아갈 곳이 결정되어 있대. 종달새는 보리밭에 살고 갈매기는 바닷가에 사는 거지. 이런 새들이 자유롭다고 할 수 있어? 오히려 공부하기 싫어서 안 하고, 지금처럼 그 대가를 받는 것이 더 자유로운 거야."

당당이가 어른스럽게 말했어.

툴툴 마녀는 심심이에게 받은 연필을 굴리며 생각에 잠겼어.

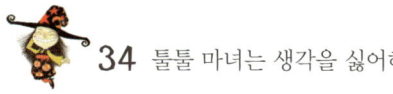

툴툴 마녀의 생각

내가 새라서 바닷가에만 살 수 있고 다른 곳에는
못 간다면 어떨까? 그건 너무 끔찍해.
당당이 말대로 내가 모든 것을 결정하고 그에 맞는
대가를 치르는 게 훨씬 나은 건지도 몰라.
휴, 새가 되는 것보단 빗자루를 타고 나는 편이 더 좋은
거구나. 자유에는 책임이 따르니 어디나 공짜는 없네.

"그래도 수학은 정말 싫단 말이야!"

툴툴 마녀가 소리를 지르자 아이들도 따라 소리를 질렀지.

"아~ 나도 수학은 정말 싫어!"

"나도!"

"나도!"

그러자 당당이가 짓궂게 웃으며 다시 말했지.

"툴툴 마녀와 우리가 공통점도 있었네! 우린 수학 싫어하는 사총사야."

당당이 말에 모두들 교실이 떠나가라 웃어댔어.

툴툴 마녀는 당당이 말이 나쁘지 않았어. '사총사'라는 말을 들으니 왠지 아이들과 조금은 가까워진 기분이 들었거든.

툴툴 마녀의 다짐

우리는 모두 자기가 하고 싶은 대로 할 수 있는 '자유'를 가지고 있어. 하지만 자유에는 '책임'과 '의무'가 따르지. 학생은 공부를 해야 하는 의무가 있어. 공부를 게을리하고 마음대로 놀았을 때는 책임을 져야 해. 나머지 공부를 하거나, 문제집을 다시 풀든지 말이야.
우리가 자유롭게 지내면서도 책임과 의무를 다하려면 계획을 세우고 생활해야 해!

첫째 시험공부는 꼭 한다.
하지만 시험이 끝나면 하루 종일 놀 테다!

둘째 틀린 문제는 꼭 풀어본다.
그래야 또 틀리는 실수를 하지 않을 테니까.

셋째 공부할 때 샤샤를 따로 둔다.
자꾸 샤샤와 놀고 싶어질 테니까.
하지만 샤샤에게도 공부를 시켜야지.
혼자 공부하면 억울하잖아!

7. 게임에 빠진
툴툴 마녀

심심이가 학교에 게임기를 들고 왔어. 아이들이 심심이 곁으로 모여들었지.

"이거 최신 게임기잖아!"

"야야, 조용히 해. 선생님한테 들켰다간 빼앗길지도 몰라."

심심이가 손가락을 입에 대고 '쉬' 소리를 냈어. 하지만 아이들은 마냥 즐거웠지. 심심이가 버튼을 누를 때마다 환호성이 터져 나왔어.

툴툴 마녀가 까망콩에게 물었어.

"게임기가 뭐야?"

"게임을 하는 기계지, 뭐."

까망콩도 부러운 듯 심심이를 쳐다보고 있었지.

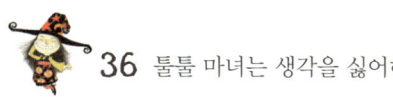

"그러니까 게임이 뭐냐고?"

"게임을 정말 몰라?"

"얘가 자꾸 자존심 상하게 하네. 모르니까 물어보는 거 아냐!"

까망콩은 어떻게 설명해야 좋을지 몰라 망설였어.

"그러니까, 게임이 뭐냐면……, 직접 가서 보자."

까망콩이 툴툴 마녀의 손을 끌고 심심이 곁으로 갔어.

툴툴 마녀와 까망콩은 아이들 뒤통수 너머로 심심이를 보았어.
툴툴 마녀의 눈이 게임을 따라 요리조리 움직였어. 처음엔 뭐가
뭔지 알 수가 없었지. 그러다가 아이들이 "와" 하고 소리 지르는
순간, 툴툴 마녀 입에서도 탄성이 튀어 나왔어.

"와!"

그 순간 선생님이 들어오셨어. 아이들은 모두 제자리로 돌아갔
지. 수업이 시작되었어. 하지만 툴툴 마녀의 머릿속에는 심심이
의 게임기만 생각났어. 칠판도 게임기 같고,
선생님 두 눈도 게임기 같았지.

집에 돌아온 후에도 툴툴 마녀는 여전히 게임기 생각이 떠나질
않았어.

"샤샤, 너 심심이네 집에 가서 게임기 좀 슬쩍 가져와 봐."

"남의 걸 슬쩍 가져오라고요? 그건 도둑질이에요!"

"알아! 잠깐만 쓰고 돌려줄 거야."

"그래도……, 그리고 심심이 손에서 게임기가 떨어진 적을 본
적도 없어요."

"그럼 이따 밤에 갔다 오면 될 거 아냐!"

툴툴 마녀의 괴롭힘에 못 이겨 샤샤는 심심이가 자는 틈을 타
몰래 게임기를 가져왔어.

툴툴 마녀는 게임기를 만지자 무척 신이 났어. 자동차를 운전

하고, 장애물을 건너 성에 도착하느라 정신이 없었지.

새벽에 잠이 깬 샤샤는 깜짝 놀랐어. 눈이 빨개진 툴툴 마녀가 밤새도록 게임을 하고 있었던 거야.

'에휴, 안 되겠어!'

샤샤는 날쌔게 게임기를 잡아챘어.

"어…, 어…, 안 돼!"

툴툴 마녀의 소리가 들렸지만 샤샤는 뒤도 안 돌아보고 심심이에게 게임기를 가져다주고 돌아왔지.

게임기가 없는데도 툴툴 마녀 눈에는 계속 게임 속 장면이 아른거렸어. 자려고 눈을 감아도 계속 떠올랐단다.

샤샤가 말했어.

"이제 곧 학교 갈 시간인데, 오늘도 수업 시간 내내 졸겠네요."

툴툴 마녀는 할 말이 없었지.

"수학 공부도 그렇게 하면 좀 좋아요?"

"쳇, 심심이는 학교에서도 게임을 한단 말이야."

툴툴 마녀가 다시 투덜거렸어.

"그러니까 수학도 꼴찌고, 국어도 꼴찌죠. 게임을 많이 하면 멍텅구리가 된다고요."

샤샤의 말에 툴툴 마녀는 대꾸를 할 수 없었어. 안 그래도 머리가 텅 빈 것 같고 아무 생각도 떠오르지 않았거든. 게임을 할 때는 몰랐는데, 학교에 와서 생각해 보니 밤을 샌 시간이 아까운 것도 같았어.

'알았어. 알았다고. 오늘부턴 심심이에게 게임 대신 다른 놀이

를 하자고 해야겠어.'

툴툴 마녀는 그런 생각을 하면서 꾸벅꾸벅 졸고 있었지.

올바른 게임 방법

게임 중독은 질병이야.
가상과 현실의 세계를 구분 못할 수도 있지.
공부에 집중을 못 해 성적은 항상 뒤떨어지고,
가족들에 대한 관심도 멀어져.
올바른 게임의 규칙을 세워 보기로 해!

☑ 시간을 정해 놓고 게임을 한다.

☑ 혼자 있을 때는 되도록 게임을 하지 않는다.
   스스로는 약속을 지키기 어려우니까.

☑ 총을 쏘거나, 칼로 찌르는 무시무시하게
   과격한 게임은 하지 않는다.

☑ 운동과 독서를 같이해 건강한 몸과 마음을 만든다.

8. 샤샤,
기다려!

"샤샤, 너 정말 그럴 거야?"

"툴툴 마녀님, 정말 그러실 거예요?"

샤샤와 툴툴 마녀 사이에 큰 싸움이 났어.

툴툴 마녀는 매일 밤마다 동네를 어슬렁거리는 샤샤가 못마땅
했던 거야.

"마녀 세계의 품위를 지키라고!"

"에고, 툴툴 마녀님이나 잘하세요."

샤샤도 지지 않고 대들었어.

사실 툴툴 마녀는 밤마다 혼자 지내는 게 무서웠어. 그래서 샤
샤가 같이 있어 주길 바랐지. 하지만 샤샤는 매일 밤 동네를 쏘
다니는 재미에 푹 빠져 있었던 거야.

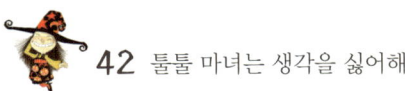

"자꾸 그러면 마법 세계로 다시 보내버릴 거야!"

툴툴 마녀가 험상궂게 말했어.

"누가 누굴 보내요? 난 내 발로 온 거라고요."

"뭐?"

"툴툴 마녀님은 내가 보잘것없이 생각되나 봐요. 하지만 난 툴
툴 마녀님의 친구 자격으로 온 거라고요."

화가 난 샤샤는 창문 밖으로 휙 나가고 말았지.

툴툴 마녀는 샤샤가 사라진 창문을 보며 생각해 보았어.

'샤샤 말이 맞았어. 나는 샤샤를 친구라고 생각하다가도, 어느
때는 샤샤에게 아무렇게나 대해도 된다고 생각했어.'

툴툴 마녀의 생각

내가 샤샤였다면 기분이 어땠을까?
친구라고 믿었는데 샤샤가 나를 함부로 대했다면
오랫동안 삐쳐서 말도 안 했을 거야. 하지만
샤샤가 내 말을 너무 잘 들어줘서 그런 것도 있어.
그러니까 늘 내 맘대로 해도 된다고 생각했던 것 같아.
샤샤가 고양이라지만 서운한 건 마찬가지겠지.
내가 학교 갈 때 샤샤가 혼자인 것처럼 나도 샤샤를
이해해줬어야 했는데…… 우린 친구니까 말이야.
샤샤 말이 맞았어.

툴툴 마녀는 샤샤를 찾아 나섰어.

하지만 아무리 불러도 샤샤의 모습은 보이지 않았지.

한참을 두리번거리던 툴툴 마녀는 뜻밖의 광경을 보았어. 꼬마 아이가 길 잃은 개에게 돌을 던지고 있었던 거야. 소시지를 주는 척하고는 개가 다가오면 돌을 던지는 꼬마를 보니 툴툴 마녀는 화가 났어.

"야, 너 뭐하는 거야!"

눈을 치켜뜨고 무서운 표정으로 꼬마에게 다가갔어.

"개를 가지고 노는 거야."

"뭐? 이 개가 네 장난감이라도 된다는 거야?"

"살아 있으니까 장난감보다 더 재밌지."

툴툴 마녀는 어처구니가 없었어. 당장 소시지를 빼앗아 개에게 던져 주었어. 개는 소시지를 물고 어딘가로 달아나 버렸지.

꼬마는 씩씩거리며 툴툴 마녀를 쏘아 봤어.

"네가 저 개라면 어떻겠니?"

"그야……."

"동물이나 사람이나 모두 똑같아. 모두 친구지. 더구나 길 잃은 친구에게 돌을 던지는 건……."

툴툴 마녀는 말하다 말고 샤샤 생각이 났어. 샤샤가 보고 싶어 견딜 수가 없었던 거야. 툴툴 마녀의 눈에 눈물이 차올랐어. 꼬마는 돌을 한쪽에 버리고 어딘가로 사라졌어.

　동네가 떠나갈 듯 울고 있는 툴툴 마녀 어깨를 누가 툭 건드렸어. 바로 샤샤였지.

　"꼬마에게 한 말을 들으니 반성한 것 같아 다시 온 거예요."

　"샤샤! 으엉, 으엉."

　툴툴 마녀는 더 크게 울면서 샤샤를 꼭 껴안았어.

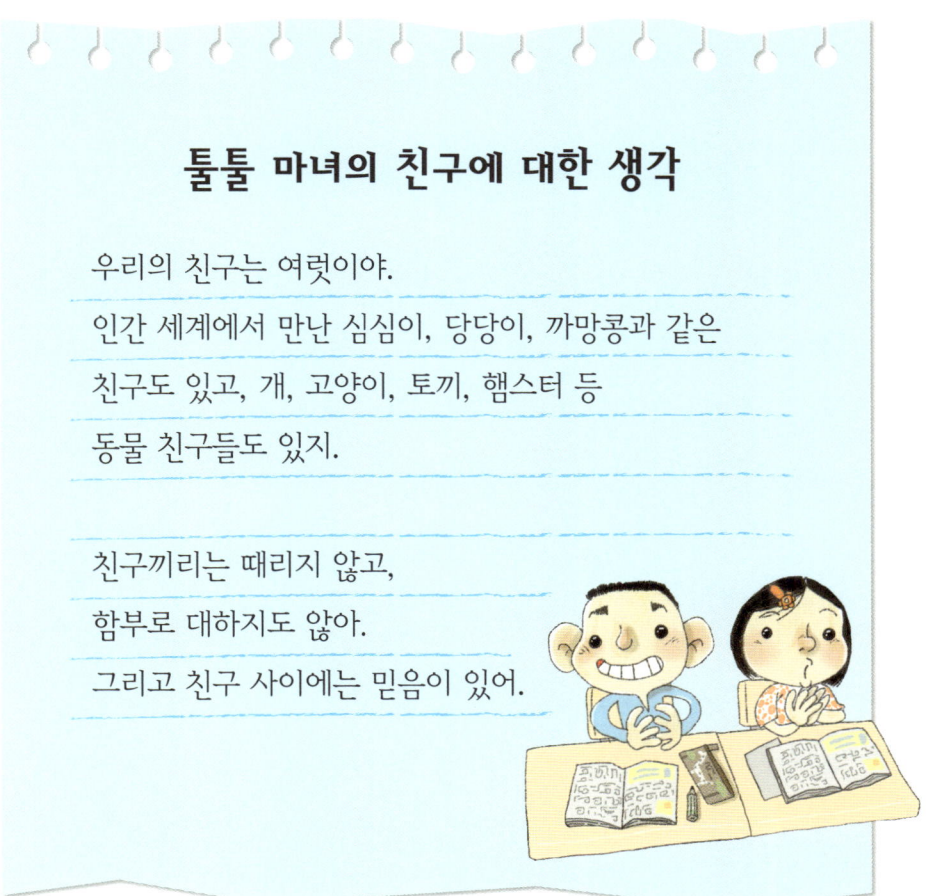

툴툴 마녀의 친구에 대한 생각

우리의 친구는 여럿이야.
인간 세계에서 만난 심심이, 당당이, 까망콩과 같은
친구도 있고, 개, 고양이, 토끼, 햄스터 등
동물 친구들도 있지.

친구끼리는 때리지 않고,
함부로 대하지도 않아.
그리고 친구 사이에는 믿음이 있어.

9. 청소하는 사람은 시시해

수업 시간에 선생님이 질문했어.

"여러분은 커서 어떤 사람이 되고 싶나요?"

당당이가 손을 들었어.

"저는 연예인이 될 거예요. 사람들에게 인기 있는 사람이 되고 싶어요."

이번에는 심심이가 손을 들었지.

"저는 프로게이머가 될 거예요. 사람들을 재미나게 해 주고 싶거든요."

툴툴 마녀는 아이들이 하는 말을 듣고 있다가 자기도 곰곰이 생각해 보았어.

'난 뭐가 되고 싶지?'

툴툴 마녀는 여태껏 뭐가 되고 싶다고 생각해 본 적이 없어. 왜냐하면 어른이 되기 싫었거든. 어른이 되면 뭔가 아주 복잡해질 것 같았지.

그때 선생님이 물었어.

"툴툴 마녀는 어떤 마녀가 되고 싶나요?"

"저…, 저요? 저는 그냥 이대로가 좋아요."

아이들이 깔깔대고 웃었어.

선생님은 까망콩에게도 똑같은 질문을 했어.

"저는 매일 아침마다 골목을 청소하는 청소부 아저씨 같은 사람이 되고 싶어요."

이번에는 아이들이 '우우우' 하고 야유를 보냈어.

"시시하다, 시시해. 겨우 청소부라니!"

선생님은 까망콩에게 이유를 물어보았어.

"아침에 학교 갈 때 더러운 길을 걸으면 기분이 나쁠 것 같아요. 그런데 청소부 아저씨 덕에 길거리가 깨끗하잖아요. 전 다른 사람을 기분 좋게 해 주는 사람이 되고 싶어요."

선생님은 고개를 끄덕거렸지.

툴툴 마녀는 까망콩을 힐끗 쳐다보았어.

'내 방 청소도 하기 싫은데, 길거리를 청소하는 사람이 되고 싶다고? 까망콩은 정말 모자란 게 틀림없어.'

그러다가 툴툴 마녀는 문득 생각이 났어. 매일 아침마다 기분 좋았던 일이 말이야. 까망콩이 책상을 반지르르하게 닦아 놓아서 자리에 앉을 때면 늘 기분이 좋았거든.

까망콩은 모자란 걸까, 착한 걸까? 그러고 보니,
까망콩 덕분에 난 아침마다 기분이 좋았어.
내가 먼지 쌓인 책상을 매번 닦아야 했다면
참 짜증났을 거야. 세상에 시시한 직업이 정말 있을까?
더럽고 하기 힘든 일을 시시하다고 생각하면 그 일을
누가 하려고 할까? 아무도 쓰레기를 치우지 않는다면?
휴, 상상하기도 싫은 일이야. 세상에 있는 많은 직업은
모두 다 귀한 거야. 쓸데없는 직업, 함부로 무시할 수
있는 직업은 하나도 없다고.

툴툴 마녀가 갑자기 손을 번쩍 들었어.

"선생님, 저도 하고 싶은 일이 생각났어요."

선생님과 아이들이 툴툴 마녀를 쳐다보았어.

"저는 까망콩을 따라다닐래요. 그러면 까망콩도 심심하지 않고 저도 기분이 좋아질 것 같아요."

선생님과 아이들이 '와하하' 웃었지.

선생님이 말했어.

"까망콩은 생각이 참 깊구나. 세상에 시시한 일은 없어요. 모두 중요하고 뜻있는 일이에요. 그리고 묵묵히 힘든 일을 하시는 분들이 있기 때문에 우리가 더 행복할 수 있는 거예요."

아이들도 고개를 끄덕였어. 툴툴 마녀는 오늘 따라 까망콩의 짝인 게 참 좋았어.

친구들의 장래 희망 노트

당당이의 장래 희망 – 연예인
사람들에게 인기는 많지만, 일이 많아서 힘들어요.

심심이의 장래 희망 – 프로게이머
게임하는 게 즐겁긴 하지만,
눈이 나빠지고 손목도 아파요.

까망콩의 장래 희망 – 청소하는 사람
사람들을 기분 좋게 해 주지만,
나쁜 냄새를 잘 참아야 해요.

뚱땡이의 장래 희망 – 고깃집 주인
고기를 많이 먹을 수 있지만, 더 뚱뚱해질 수 있어요.

나리의 장래 희망 – 미스코리아
사람들이 예쁘다고 부러워하지만,
맛있는 걸 마음껏 먹을 수 없어요.

툴툴 마녀의 장래 희망 – 최고 마녀
마왕의 신임을 얻고 부러움을
얻지만, 도전하는 마녀들을
물리치기 위해 늘 노력해야 해요.

10. 교통사고가 난 툴툴 마녀

학교가 끝나고 집으로 오는 길이었어.

툴툴 마녀는 까망콩 생각이 났지.

'까망콩은 어른스러운 데가 있단 말이야.'

툴툴 마녀는 길을 건너려고 횡단보도에 서 있었어. 그런데 바로 앞에 과자 봉지가 떨어져 있는 거야.

'까망콩이었다면 과자 봉지를 주웠겠지?'

툴툴 마녀는 과자 봉지를 주우려고 손을 뻗었어. 그런데 과자 봉지가 자꾸 바람에 날아가는 거야. 툴툴 마녀는 과자 봉지를 잡으려고 이리 갔다 저리 갔다 했지. 그러다가 도로 안쪽으로 들어가고 말았어.

순식간이었어. '빵빵' 소리가 난 것도 같아.

툴툴 마녀가 쓰러졌어. 지나가던 오토바이와 부딪힌 거야.

"사고다!"

사람들이 소리쳤어.

툴툴 마녀는 오른손에 과자 봉지를 꼭 쥔 채 눈을 떴어. 눈앞에 별이 왔다 갔다 했지.

오토바이에서 내린 아저씨가 툴툴 마녀를 일으켰어.

"갑자기 도로로 뛰어들면 어떡해!"

그러고는 병원으로 데려갔지.

다행히 툴툴 마녀는 많이 다치지 않았어. 하지만 며칠 쉬어야 한대.

툴툴 마녀는 오토바이 아저씨에게 실컷 야단을 맞았어. 하지만 아무 대꾸도 할 수가 없었지.

집으로 돌아온 툴툴 마녀에게 샤샤가 걱정스럽게 말했어.

"휴, 정말 십년감수 했다고요. 어쩌다가 사고가 난 거예요?"

"어…, 그냥……."

"그러니까 신호등을 잘 보라고 몇 번을 말했어요! 마녀가 칠칠 치 못하게."

툴툴 마녀도 많이 놀랐는지 꼬박 하루 동안 잠만 잤어.

그리고 이튿날 오후, 당당이와 심심이가 병문안을 왔어.

"정말 실망이야. 잘난 척은 혼자 다 하더니 신호 안 지켜서 사 고가 난 거야?"

당당이가 입을 삐죽 내밀며 말했지.

하지만 당당이는 수업 내용을 적은 노트를 가져왔고, 심심이는 녹색불이 켜진 신호등 그림을 그려 가지고 왔어.

툴툴 마녀는 갑자기 눈물이 나오려고 했어. 아이들이 걱정해 주는 마음이 느껴졌기 때문이야.

"고마워."

툴툴 마녀가 작게 말했어.

그렇게 이틀을 쉬고 툴툴 마녀는 샤샤와 함께 마당으로 나갔어. 햇볕이 아주 좋았거든.

"햇볕을 받으니 다 나은 것 같아."

"그러게요. 아주 좋아 보여요."

그때 편지 하나가 대문 틈으로 들어오는 게 보였어. 샤샤는 얼른 편지를 가지고 왔지.

"툴툴 마녀님한테 온 편지 같아요."

편지는 까망콩이 보낸 거였어.

툴툴 마녀, 난 알아.

길가에 떨어진 과자 봉지를 주우려다 사고가 난 걸.

우리가 집으로 가는 길이 같다는 거 몰랐지?

난 같이 가고 싶었는데, 용기가 나지 않아서

항상 뒤에서 가곤 했어. 그러다가 사고 모습을 본 거야.

그날 하루 종일 울었어. 내일은 꼭 학교에 와.

내가 책상 깨끗이 닦아 놓을게.

– 까망콩 –

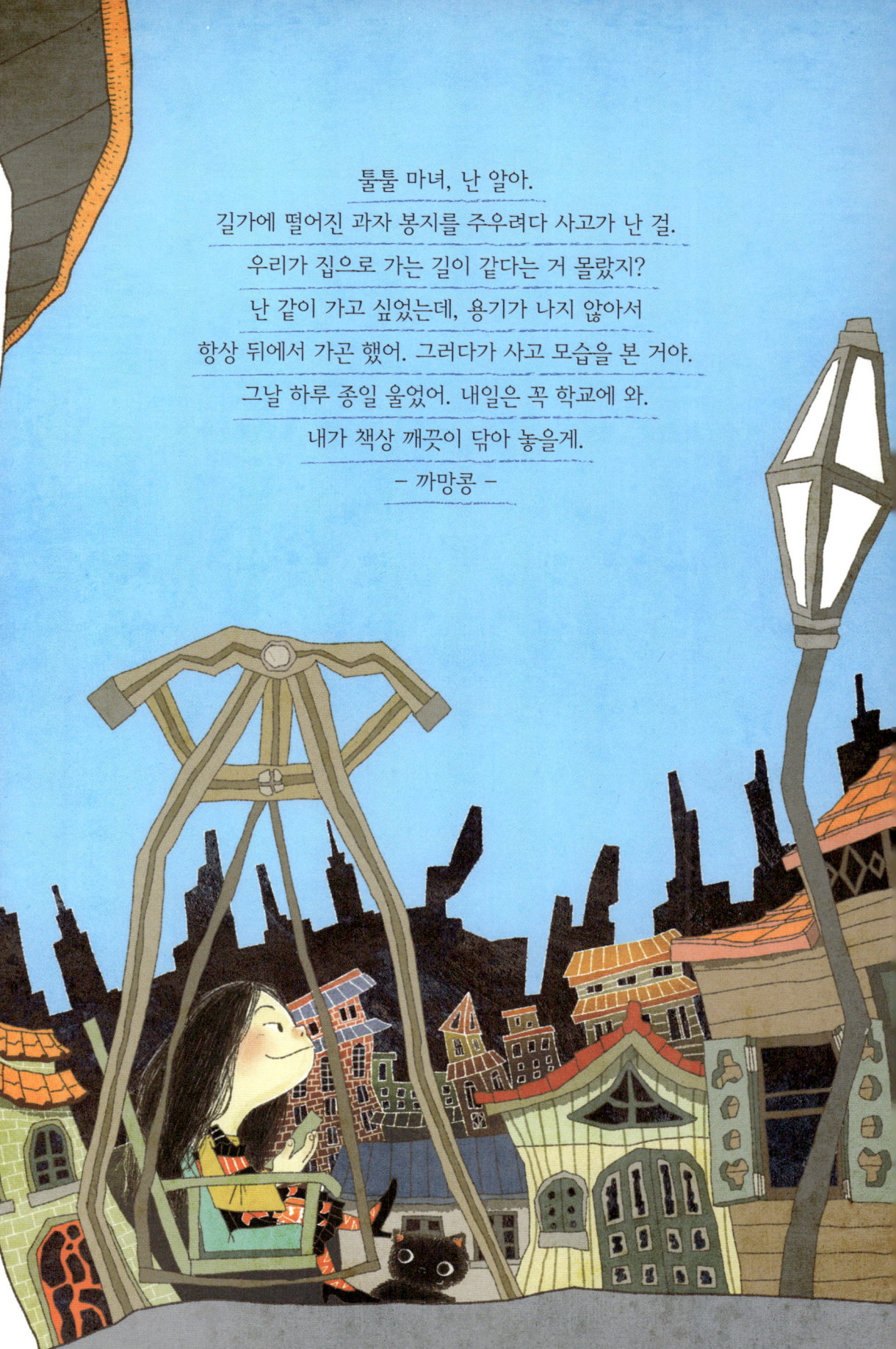

까망콩의 편지를 읽은 툴툴 마녀의 마음이 뭉클해졌어.

"이런 기분은 뭐지?"

샤샤가 웃으며 말했어.

"제 생각보다 마녀님이 학교생활을 잘하고 있나 봐요."

"뭐라고?"

툴툴 마녀가 샤샤를 째려보았어.

"정말 다 나았나 보네요. 내일은 꾀병 부리지 말고 꼭 학교 가라고요."

"꾀병? 너 정말 가만 안 둔다!

샤샤와 툴툴 마녀는 그렇게 마당을 뛰어다녔어.

툴툴 마녀의 생각

정말 큰일 날 뻔 했어. 이제 신호등은 꼭 지켜야지.

차도 사람도 질서를 지켜야 사고를 막을 수 있어.

또 길거리에 휴지도 버리지 말아야겠어.

아이들에게도 꼭 말해야지.

그런데 다음에도 쓰레기를 발견하면 어쩌지?

그땐 휴지가 도망가지 않게 마법을 걸어야겠어.

마왕님도 이 정도는 봐 주시겠지?

툴툴 마녀의 생활 수칙

생활 속에서 지켜야 할 규칙에는 뭐가 있을까?

1 횡단보도를 건널 때는 신호등을 꼭 본다.
  녹색불이 켜지면 주위를 살펴보고 건넌다.

2 아무 곳에나 휴지를 버리지 않는다.
  쓰레기통이 없으면 가방에 넣어 집에 와서 버린다.

3 차를 탈 때는 줄을 선다.
  아이나 노인에게는 양보를 한다.

4 도서관 같은 공공장소에선 떠들지 않는다.

5 까망콩에게 조금 잘 해 준다.

11. 빨강 옷을 입은
당당이

당당이가 교실로 들어오는 순간, 아이들이 웃음을 터뜨렸어.

당당이 얼굴이 찌푸려졌지.

'왜들 그러지?'

오랜만에 일찍 와서 앉아 있던 툴툴 마녀도 당당이를 보았어.

"푸핫."

당당이가 자리에 앉자마자 한 아이가 다가갔어.

"너 패션이 너무 당당한 거 아니야?"

그러자 다른 아이들도 한마디 하는 거야.

"여자애처럼 빨강 바지를 입었대요!"

그런데 그 순간 당당이 짝 나리가 교실로 들어오는 거야. 그것
도 당당이와 똑같이 빨강 바지를 입고서!

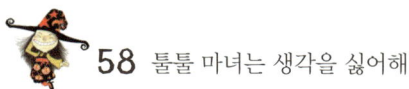

"우와, 나리도 빨강 바지네!"

아이들이 떠들었지만, 나리는 무슨 영문인지 몰라 어리둥절했지. 자리에 앉아 당당이의 바지를 본 후에야 나리는 아이들이 왜 그러는지 알 수 있었어.

"야! 넌 남자가 무슨 빨강 옷을 입냐?"

나리가 화가 나서 따졌어. 당당이도 지지 않았지.

"옷 입는데, 남자 색 여자 색이 따로 있냐?"

"당연하지. 빨간색이나 분홍색 옷을 남자가 입는 걸 난 본 적이 없다고!"

"지금 봤으니까 됐네."

당당이와 나리의 말싸움이 시작됐어.

"아이, 창피해!"

나리는 당당이를 등지고 돌아앉았어. 그러고는 울음을 터뜨리고 말았지.

툴툴 마녀는 당당이 말도 옳고 나리 말도 옳은 것 같았어. 이제까지 분홍이나 빨간색 옷을 입은 남자 애들을 본 적이 없었거든. 옷뿐만이 아니야. 학용품이나 가방까지 남자 아이들은 검정이나 파란색을 가지고 다녔어. 여자 아이들은 빨강이나 분홍색이었고.

툴툴 마녀가 생각에 잠겼어.

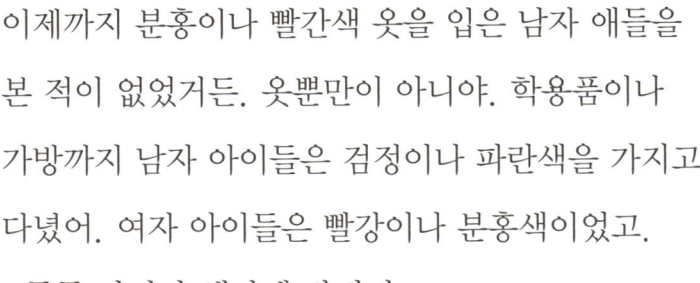

왜 인간 아이들은 여자 색과 남자 색이 따로 있다고
생각하는 걸까? 동물들은 암컷이건 수컷이건
비슷비슷한 색이잖아. 그런데 당당이가 빨강 바지를
입은 건 좀 웃기긴 했어. 정말 헷갈리네!
난 검은색을 가장 좋아해. 그런데 검은색은
여자 색인 거야, 남자 색인 거야?
자기가 좋아하는 색의 옷을 입으면 안 되는 건가?

그러는 동안 나리의 울음소리는 더 커졌지.

그때 까망콩이 조그만 목소리로 말했어.

"스코틀랜드라는 나라에서는 남자도 치마를 입는데……."

그 소리를 들은 툴툴 마녀의 귀가 '쏙' 커졌어.

"정말이야?"

"응. 책에서 봤는데, 그 나라 민속 옷이 체크무늬로 된 치마 래."

"그렇군!"

툴툴 마녀가 일어났어. 그리고 당당이와 나리 쪽으로 성큼성큼 걸어갔지.

"남자 건 여자 건 빨간색은 다 입을 수 있어. 그것뿐인 줄 알 아? 남자도 치마를 입을 수 있다고. 스코틀랜드에서는 남자가 치 마를 입는대. 남자 옷과 여자 옷이라는 건 없어. 사람들이 만들 어 놓은 편견일 뿐이야!"

아이들은 눈을 동그랗게 뜨고 툴툴 마녀를 쳐다보았지.

툴툴 마녀는 어깨가 좀 으쓱했어. 까망콩에게 주워듣긴 했지 만, 스스로 생각해도 정말 근사한 말을 한 것 같았거든.

나리는 울음을 뚝 그쳤어.

툴툴 마녀는 나리에게 귓속말을 해 주고 자리로 돌아갔어.

"사실, 빨강 바지는 당당이보다 네가 더 잘 어울려."

툴툴 마녀는 생각을 싫어해!

편견 없애기

'편견'이란 어느 한쪽으로 치우친 생각을 말해.
한쪽으로 치우쳤으니 공정하지 않은 생각이지.
사람들은 왜 그렇게 편견이 많은지 모르겠어. 자, 볼래?

편견 1 장애인은 아무 것도 할 수 없어!

아니야, 몸이 불편해도 무엇이든 할 수 있어. 눈이 안보이고 귀가 안들려도 피아노를 잘 치는 사람이 있고, 다리를 쓰지 못해도 운동을 잘하는 사람은 얼마든지 있지.

편견 2 공부를 못하면 머리가 나쁜 거야!

노력을 안 해서 성적이 나쁜 아이들이 많아. 또 공부보다 운동이나 그림 그리기, 노래 부르기를 잘하는 아이들도 있지. 공부를 못한다고 머리가 나쁜 건 아니야.

편견 3 얼굴이 검은 사람은 무서울 거야!

외국사람 중에는 얼굴이 아주 하얀 사람도 있고, 아주 검은 사람도 있어. 피부색 때문에 우리와 다르다고 생각하는 건 정말 잘못된 생각이야.

편견 4 개그맨은 언제나 웃길 거야!

개그맨도 직업이란다. 회사에서 일을 하고 집에서는 일을 안 하는 것처럼, 개그맨도 어디서나 항상 웃길 거라고 생각하는 건 잘못된 생각이지.

12. 왕따가 된 툴툴 마녀

"인간 아이들은 정말 시끄러워."

툴툴 마녀는 혀를 내둘렀어.

수학 문제를 풀려고 하는데, 아이들이 너무 떠들어서 집중이 안 되는 거야.

쉬는 시간이 되면 교실 안은 아이들 때문에 난리가 나.

책상 위를 뛰어다니지 않나, 교실 바닥에 앉아 공기놀이를 하지 않나, 소리를 지르거나 크게 떠드는 아이들도 있다고.

조용히 지내고 싶은 툴툴 마녀는 참을 수가 없었지.

"야! 조용히 못해!"

하지만 아이들은 들은 척도 하지 않았어.

툴툴 마녀는 화가 머리끝까지 났어. 얼굴도 빨개졌지.

툴툴 마녀는 자기도 모르게 주문을 외웠어.

'아브라 부르부르 카브라 뿅뿅뿅'

눈 깜짝할 사이였어. 아이들은 있던 자리에서 한 발짝도 움직일 수가 없게 되었어. 목소리도 나오지 않았지.

그 광경을 보자, 툴툴 마녀는 웃음이 나왔어.

'진작 그럴 것이지.'

그런데 마침 화장실에 가려고 일어나던 나리가 참지 못하고 그만 그 자리에서 오줌을 싸고 만 거야.

나리는 울상이 되어 눈물만 뚝뚝 흘렸어.

나리를 보고서야 툴툴 마녀는 뭔가 잘못됐다는 생각이 들었지.

"이크, 큰일 났다!"

툴툴 마녀는 다시 주문을 외웠어.

'뿅뿅뿅 라브카 르부르부 라브아'

아이들이 다시 제 모습으로 돌아왔어. 하지만 벌써 엎질러진 물인걸. 나리는 그 자리에 주저앉아 눈물을 쏟아냈지.

모든 사실을 알게 된 선생님은 그냥 넘어가지 않았어. 툴툴 마녀는 크게 혼이 났지.

툴툴 마녀는 마법을 쓴 벌로 한 달 동안 청소 당번을 하게 되었어. 하지만 그게 다가 아니었어. 툴툴 마녀가 아팠을 때 병문안을 왔던 아이들도 툴툴 마녀를 본체만체했으니까.

"얘들아, 미안해. 너희들이 너무 시끄럽게 떠드니까……."

하지만 아이들은 사과를 받으려고 하지 않았어. 까망콩조차 말이야.

아이들이 날 미워하는 게 이렇게 괴로운 건지
정말 몰랐어. 아무도 없는 곳에 혼자만 남겨진 것 같아.
누구에게도 말을 붙일 수가 없어.
갑자기 무서운 생각이 들어. 왕따라는 게 이런 거구나.
지난번에 까망콩도 아이들에게 따돌림을 당했는데,
얼마나 슬펐을까? 까망콩은 나처럼 잘못한 것도
없었는데 말이야. 나는 왜 항상 실수한 다음에
후회를 하는 걸까…….

툴툴 마녀는 하루가 어떻게 지났는지도 몰랐어. 툴툴 마녀는 쓸쓸하고 처량하게 혼자 청소를 했지.

'다른 때 같으면 당당이나 심심이가 도와주었을 텐데…….'

그때 창문으로 샤샤가 뛰어 올라왔어.

"이그, 청소도 마법으로 끝내시지 그래요?"

"자꾸 그럴래? 안 그래도 후회하고 있다고!"

"마왕께도 혼날 준비 단단히 하셔야 할 거예요."

툴툴 마녀는 할 말이 없었어.

청소나 혼나는 것보다 차가운 아이들의 태도가 더 무서웠지.

"이거 가져가서 나리한테 사과하세요."

샤샤가 내민 건 리본 핀이었어.

"그리고 다른 아이들에게도 진심으로 사과하고요. 시간이 걸리더라도 참아야 해요."

"알았어."

한숨짓는 툴툴마녀의 어깨가 어느 때보다 무거워 보였단다.

툴툴 마녀의 다짐

첫째 나만 생각하지 않고 아이들 입장에서 생각한다.
나만 생각하면 아이들이 좋아할 리 없잖아!

둘째 어떤 아이라도 미워하지 않는다.
미움을 당해 보니, 그게 얼마나 마음 아픈 건지 알겠어.

셋째 마법은 절대 쓰지 않는다.
마법을 또 쓰면 난 마녀도 아님!

13. 욕심쟁이 할아버지와 툴툴 마녀

 오늘도 툴툴 마녀는 학교생활이 즐겁지 않았어. 아이들은 여전히 툴툴 마녀에게 한 마디도 하지 않았거든. 특히 나리는 툴툴 마녀가 주었던 리본 핀까지 다시 돌려주었어. 앞으로 툴툴 마녀와는 한 마디도 안 하겠다고 선언까지 했지.

 '터덜터덜' 툴툴 마녀의 발걸음에 힘이 하나도 없었어. 툴툴 마녀가 학교 앞 문방구를 지나 슈퍼가 있는 길 쪽으로 갈 때 한 할아버지가 소리를 질렀어.

 "재미난 뽑기! 어여들 와. 잘만 뽑으면 얼굴만 한 붕어랑 거북선이 공짜!"

 할아버지 앞에는 설탕을 녹여 만든 여러 모양의 사탕들이 있었지. 그중에서도 붕어와 거북선 모양의 사탕이 제일 컸어.

아이들이 할아버지 주위에 와글와글 모여들었어. 툴툴 마녀네 반 아이들도 많이 있었어. 당당이와 심심이도 있었지. 까망콩도 맨 뒤에서 까치발을 들고 들여다보고 있었어.

툴툴 마녀는 아는 체를 하려다 말고, 조심조심 아이들 뒤로 다가갔어. 조용히 혼자 구경했지.

"자, 자! 꽝은 없으니 마음 푹 놓으라고. 이 통에 있는 종이 중에 한 장을 뽑는 거야. 누가 거북선을 가져가는지 한번 볼까?"

할아버지가 통을 흔들었어.

"얼만데요?"

당당이가 물었어.

"오백 원밖에 안 해."

"에이, 비싸요."

"뭐가 비싸? 거북선 하나 만드 는데 설탕이 얼마나 들어가는지 알아?"

그때 다른 아이가 오백 원을 내밀 었지.

"아, 좋아. 어서 근사한 놈으로다 뽑아보 시지."

할아버지가 너스레를 떨며 아이에게 통을 내밀었어. 아이는 한 참을 망설이다가 종이 하나를 쏙 뽑아들었어. 그러고는 기도를 하며 종이를 펼쳤지.

"와! 거북……!"

아이가 호들갑을 떨었어. 할아버지는 아이의 쪽지를 빼앗아 보았지.

"오라, '거북이'로구만. 옛다."

할아버지가 아이에게 준 것은 지우개만 한 거북이 모양 사탕이었어. 그 다음 아이는 손가락만 한 칼 모양 사탕, 그 다음엔 탁구공만 한 공 모양 사탕, 그 다음엔 또 손가락만 한 칼 모양 사탕을 뽑았어. 아이들은 실망했지만 그 자리를 떠나지는 않았어.

툴툴 마녀의 생각

사람들은 정말 욕심이 많아.
아이들을 속여서 돈을 벌려는 어른,
자기가 가진 것보다 더 큰 걸 원하는 아이들.
그래서 이런 뽑기 같은 게 인기가 많은 걸 거야.
하긴, 우리 마녀들도 마법에 대한 욕심이
좀 있긴 하지. 하지만 노력해서 욕심을 채우는 것과
남을 속이거나 운에 의지해서 욕심을 채우는 것하고는
달라! 욕심을 갖는 것이 나쁜 건 아닐 거야.
노력하게 만드니까. 하지만 자신을
망치는 욕심도 있으니 정말 조심해야겠어!

"자, 자! 이번엔 누가 뽑을까?"

할아버지가 짓궂게 웃으며 말했어.

"제가 할래요."

당당이였어. 순간 툴툴 마녀가 아이들 사이를 뚫고 당당이 옆으로 갔지.

"당당아, 하지 마. 얼굴만 한 거북선과 붕어는 뽑을 수 없다고."

당당이가 툴툴 마녀를 힐끗 보았어.

"무슨 상관이야. 저리 가."

당당이가 고개를 돌렸어. 툴툴 마녀는 너무 서운해서 눈물이 날 것 같았지. 하지만 당당이를 이대로 두었다간 다른 애들과 똑같은 걸 뽑을 게 뻔했어.

툴툴 마녀는 동전을 내민 당당이 손을 꼭 쥐었어. 그러고는 할아버지에게 말했지.

"할아버지, 다 알아요. 통 안에 '거북선'과 '붕어'가 적힌 쪽지는 없잖아요!"

"어허, 네가 그걸 어떻게 안다고 그래? 안 할 거면 어서 저리 가!"

할아버지가 험상궂게 말했어. 툴툴 마녀도 더 이상 가만있을 수 없었지.

'마왕께 두 배로 혼나더라도 이번만은 참을 수 없어!'

툴툴 마녀가 주문을 외웠어. 그랬더니 통 안에 들어 있던 종이들이 하나 둘 밖으로 나오기 시작하는 거야. 접혔던 종이가 펼쳐지면서 안에 적힌 글자가 보였지.

정말 툴툴 마녀의 말대로 거북선이랑 붕어라고 써 있는 종이는 없었어. 다른 아이들이 뽑은 작은 사탕들이 대부분이었지.

아이들이 웅성거렸어. 할아버지는 난처한 듯 얼굴이 빨개졌어.

"욕심쟁이 할아버지, 아이들에게 부끄럽지도 않으세요?"

툴툴 마녀가 할아버지를 보며 당당하게 큰소리를 쳤어.

당당이는 툴툴 마녀를 쳐다보았지. 그러고는 툴툴 마녀에게 잡혀 있던 손을 슬며시 뺐어.

"고마워……."

당당이가 조그만 소리로 들릴 듯 말 듯 하게 말했어. 하지만 툴툴 마녀는 다 들을 수 있었어. 그리고 당당이의 대답이 오히려 고마웠어.

욕심 풍선 터뜨리기

내가 버려야 할 욕심을 터뜨려 보자!
'욕심'은 무언가를 바라는 마음이야.
'욕심'은 어느 정도 있는 게 좋아. 공부나 운동이나 뭐든
잘하고 싶은 욕심은 자신을 더 크게 만들거든.
하지만 내가 갖기 어려운 것을 갖고 싶어 하거나,
남의 것을 탐내는 것은 옳지 않다고!
과도한 욕심이 담긴 풍선을 터뜨리고
빈 풍선에는 나에게 도움이 되는 욕심을 채워 봐.

14. 당근을 대신 먹어 준 툴툴 마녀

당당이가 아이들에게 어제 있었던 이야기를 했나 봐. 게다가 뽑기 장수 할아버지가 있던 곳에 아이들이 많았던 터라 학교에 툴툴 마녀의 소문이 쫙 퍼졌지.

조금씩 툴툴 마녀에게 말을 거는 아이들이 생기기 시작했어. 마음 약한 까망콩도 툴툴 마녀를 보고 가끔씩 웃어 주었지. 툴툴 마녀는 움츠러들었던 마음이 조금씩 펴지는 것 같았어.

점심시간이 되자 아이들은 소란스러웠어.

"웩, 당근이야."

아이들이 제일 싫어하는 반찬 중 하나인 당근 때문이었지.

툴툴 마녀는 당근 조각을 하나 집어 씹어 보았어.

'괜찮은 맛인데?'

하지만 아이들은 울상이야. 선생님이 반찬을 남기면 안 된다고 했거든. 특히 당당이는 더 난처한 얼굴이었어. 당근 하나를 겨우 씹더니 삼키지도 못하고 뱉지도 못한 채 어쩔 줄을 몰라 했지.

툴툴 마녀는 좋은 생각이 떠올랐어.

'이번 기회에 아이들에게 잘 보여야겠다!'

툴툴 마녀는 당당이에게 다가가서 조그맣게 말했어.

"당당아, 당근은 내가 먹어 줄게."

그러고는 당당이 식판에 있던 당근을 모두 먹어 치웠어. 당당이 것뿐만 아니라 심심이, 나리, 초롱이, 뚱땡이 것까지 모두 먹었어. 아니 반 아이들 당근을 거의 모두 먹어 치웠나 봐. 툴툴 마녀는 당근을 너무 많이 먹어서 배가 불렀지만 음식을 남기지 않으려고 남은 밥과 반찬을 다 먹었어. 아이들은 선생님이 들을까봐 툴툴 마녀에게 속삭이듯 고맙다고 얘기했어.

"그런데 당근을 왜 안 먹는 거야?"

툴툴 마녀가 배를 두드리며 말했어.

"그야 맛이 없으니까 그렇지."

당당이가 인상을 쓰며 대답했어.

툴툴 마녀는 당근 때문에 아이들과 가까워진 느낌이었어. 기분이 아주 좋았지.

그런데 점심시간이 지난 후 선생님이 툴툴 마녀를 불렀어.

"툴툴 마녀, 오늘 아이들 당근을 모두 먹어 주었다면서?"

어떻게 알았는지 선생님 눈꼬리가 무섭게 올라갔어.

"여러분! 음식을 편식하는 것은 좋지 못한 습관이에요. 더군다나 대신 먹어 주는 것은 더 나쁜 것이고요!"

툴툴 마녀는 고개를 들지 못했지.

"툴툴 마녀, 왜 그랬지?"

"그냥……, 아이들과 좀 친해져 보려고…….."

툴툴 마녀는 선생님이 야속한 생각이 들었어.

툴툴 마녀의 생각

선생님도 참! 당근 좀 먹어 주었다고 너무 하시네.
그까짓 당근, 먹으면 어떻고 안 먹으면 어때?
아이들이 싫어하는 반찬을 억지로 먹이는 사람이
더 나쁜 거지. 그런데 '영양소'라는 게 뭐지?
그게 그렇게 중요한 건가? 전에 마왕이 내가 밥을
잘 안 먹어서 비실비실하다고 말했던 게 생각이 나.
뭐든 골고루 잘 먹어야 튼튼하고 키도 큰다고
하셨지. 하고 싶은 대로 하고 먹고 싶은 대로 먹게
놔두면 안 되나? 사는 건 정말 힘들어!

"영양소를 골고루 섭취하려면 음식을 가려서는 안 돼요. 당근에 비타민이 얼마나 많이 들어 있는데! 맛이 없더라도 건강을 위해서 꼭 먹도록 해요."

선생님이 아이들에게 말했어. 그리고 툴툴 마녀에게도 말했지.

"툴툴 마녀, 다음에 또 그랬다가는 정말 혼날 줄 알아!"

우리 몸에 꼭 필요한 영양소

탄수화물 탄수화물을 먹지 않으면 힘이 없어.
주로 쌀 같은 곡물에 들어 있는 영양소지.

단백질 근육을 만드는 영양소야.
주로 생선이나 고기, 계란, 유제품에 들어 있어.

지방 비타민을 잘 흡수하도록 도와줘.
각종 기름이 대표적인 지방이야.

식이섬유 소화를 잘 하도록 도와주지. 채소나 과일에 많아.

비타민 비타민이 모자라면 병에 걸리기 쉬워.
당근, 시금치, 양파 같은 채소와 과일에 많이 들어 있어.

무기질 몸의 대사를 활발하게 해 주는 역할을 해.

이처럼 사람한테 필요한 영양소는 많은데,
음식마다 영양소가 다르니까 편식하면 안 되는 거래.
편식을 하면 영양의 균형이 깨져서 감기도 잘 걸리고,
키도 안 크고, 뚱뚱해지기도 하는 거야.

15. 시험에 빠진
툴툴 마녀

"일요일인데 또 어딜 가요?"

샤샤가 말했어.

"애들하고 약속이 있단 말이야."

툴툴 마녀는 이제 아이들과 어울리는 게 재미있고 즐거웠어.
그래서 샤샤와 놀아주지도 않고 아이들하고만 어울려 놀았지.

"쳇, 인간 세계에 안 온다고 할 땐 언제고! 정말 그런 식으로 하
면, 가는 곳마다 졸졸 따라다닐 거예요!"

"그러시던지. 고양이를 들여보내는 데는 없을 테니까."

툴툴 마녀는 신이 나서 밖으로 나갔어.

아이들과 툴툴 마녀는 우르르 몰려다니며 서점까지 갔어. 서점
에는 책도 많았지만, 예쁜 스티커와 학용품도 많았어.

"이게 다 내 거라면 얼마나 좋을까?"

나리가 분홍색 필통을 만지작거렸어.

"나도 새로 나온 만화 시리즈를 다 사고 싶어."

당당이도 만화책을 뒤적이며 말했지.

툴툴 마녀도 꼭 사고 싶은 것이 있었어. 바로 샤샤를 닮은 고양
이 모양 플라스틱 통이었어. 아이들과 돌아다니느라 샤샤에게
미안했던 툴툴 마녀는, 샤샤를 작게 만들어 통에 넣고 다니면 좋
을 것 같았거든. 통을 열어 샤샤에게 서점 구경도 시켜주고 말이
야. 하지만 툴툴 마녀에겐 돈이 하나도 없었어. 한참을 구경하고
서점을 나오려는데, 툴툴 마녀 발아래 떨어진 지폐 한 장이 보이

는 거야. 툴툴 마녀는 자기도 모르게 얼른 그 돈을 주웠어.

"애들아, 이리 와 봐. 얼른!"

툴툴 마녀가 구석으로 가서 아이들을 불렀어.

"내가 뭘 주운 줄 알아?"

툴툴 마녀는 만 원짜리 지폐를 조심스럽게 보여 주었어.

당당이 눈이 동그래졌지.

"그걸로 우리가 사고 싶은 거 하나씩 살 수 있겠다!"

얼굴이 환해진 심심이가 호들갑을 떨었어.

"우와!"

다른 아이들 얼굴도 순식간에 환해졌지.

툴툴 마녀의 생각

나도 꼭 샤샤 선물을 사고 싶은데……. 저 돈으로 갖고 싶은 걸 하나씩 사면 정말 좋을 거야. 아이들도 모두 바라고 있잖아. 하지만 돈을 잃어버린 사람은 얼마나 슬프겠어? 나도 마법 빗자루를 잃어버렸을 때 정말 슬펐잖아. 그때 내 빗자루를 발견한 마녀가 나쁜 마녀였다면, 난 빗자루를 찾지 못해 참 힘들었을 거야. 그렇다고 이 많은 사람들 중에 누구인지도 모르는 돈 주인을 찾아 주자고 하면 아이들이 날 또 싫어할지도 몰라. 아, 어떻게 하지?

"이걸로 우리가 갖고 싶은 걸 사자!"

심심이가 다시 서점 쪽으로 앞장서서 걸어갔어. 아이들도 심심이를 따라 걸어갔지.

"빨리 와! 툴툴 마녀!"

하지만 툴툴 마녀는 어찌할 줄을 몰라서 우물쭈물거렸어. 그러다 아이들 쪽을 향해 외쳤지.

"잠깐!"

아이들이 툴툴 마녀를 돌아보았어.

"얘들아, 이건 우리 돈이 아니잖아."

툴툴 마녀의 가슴이 콩닥콩닥 뛰었어.

"내 생각엔……, 그러지 않는 게 좋겠어!"

툴툴 마녀의 목소리에 점점 힘이 생겼어. 그때 당당이가 툴툴 마녀 옆으로 다가왔지.

"맞아. 나도 사실은 괜히 마음이 두근거렸어. 도둑질한 것도 아닌데…….."

툴툴 마녀는 당당이가 고마웠어.

툴툴 마녀와 아이들은 서점 직원에게 주운 돈을 주며 잃어버린 사람을 찾아 전해 달라고 부탁 했어.

돌아오는 길에 아이들은 갖고 싶던 물건을 산 것처럼 괜히 기분이 좋아졌단다.

자기 생각 말하기

생활하면서 생각이 떠오르는 대로 다 말할 수 있는 사람은 얼마나 될까? 속으로는 '아니!'라고 생각하면서 친구들 말에 섞여 '그래!'라고 해 본 적 있을 거야. 자기가 생각하는 것은 자신 있게 말하는 것이 중요해.

다른 사람을 존중하는 것은 좋은 일이야. 하지만 가끔은 내 생각을 말해야 할 때도 있어. 그럴 때는 용기를 내어 꼭 말해야 해. 한 번 해 보면 두 번 하는 것은 더 쉬워지지. 그럼 내가 내 생각을 말할 수 있는 사람인지 한번 시험해 볼까?

상황 1

인기 짱인 친구가 새 필통을 가져왔어. 아이들 모두 '예쁘다'고 말해.
그런데 사실 필통은 예쁘지 않았어. 난 뭐라고 말할까?

➡ 이럴 땐 굳이 말하지 않거나, 지난번 게 더 예쁘다고
　　말해 주면 되지.

상황 2

두 갈래 길이 있어. 아이들이 모두 왼쪽 길로 가자고 해.
하지만 오른쪽 길이 빠른 길이야. 난 당당하게 오른쪽 길로 가자고
이야기할 수 있을까?

➡ 전에 와 봤던 경험을 아이들에게 말해야 해.
　　그러면 아이들도 오른쪽을 선택할 거야.

상황 3

남자 아이들은 쉬는 시간에 축구를 해. 난 남자이지만 축구보다
공기놀이가 좋아. 축구 경기를 하러 남자 아이들이 다 나갈 때,
난 남아서 공기놀이를 할 수 있을까?

➡ 남자라도 운동을 싫어할 수 있고, 여자라도 축구가 좋을 수 있어.
당당하게 "교실에서 놀 거야."라고 말해 봐.

상황 4

다른 아이들은 모두 생일 초대를 받았어. 그런데 나에겐 초대장을
주지 않는 거야. 내게도 초대장을 달라고 말할 수 있을까?

➡ 이럴 경우 삐쳐서 말은 안 하는 경우가 많아.
하지만 마음을 바꿔 봐. 그리고 진심으로 이렇게 말하는 거야.
"생일 축하해!" 그러면 분명 생일인 아이가 초대장을 줄 거야.

상황 5

다니기 싫은 태권도와 피아노 학원을 엄마가 등록했어.
학원가는 걸 생각하면 너무 끔찍해서 늘 스트레스를 받지.
그럴 때 엄마에게 말할 수 있을까?

➡ 보통 엄마들은 자식을 위한 일이라고 생각해.
그러니까 "난 태권도와 피아노가 정말 싫어요. 대신 다른 걸
열심히 할게요."라고 말한다면 엄마도 충분히 이해하실 거야.

16. 마왕이 보고 싶은 툴툴 마녀

오늘은 소풍 가는 날이야. 하지만 툴툴 마녀의 얼굴이 왠지 슬퍼 보였어. 샤샤는 툴툴 마녀의 눈치를 살피며 장난을 걸었지.

"툴툴 마녀님, 설마 제가 김밥을 싸 주지 않았다고 그러는 건 아니겠죠?"

하지만 툴툴 마녀는 아무 반응이 없었어.

"공부도 안 하고 놀러 가는데 뭐가 그리 심각해요?"

샤샤가 앞발을 들어 툴툴 마녀의 얼굴을 살살 어루만졌어.

"보고 싶어……."

"누가 말이에요?"

"마왕님."

툴툴 마녀는 오늘 소풍을 기대하며 어제까지 한껏 들떠 있었

어. 마트에서 소풍 가서 먹는다는 김밥도 사고, 과자도 샀지. 그러다 친구들을 만난 거야. 친구들 옆에는 엄마가 있었어. 아이들을 위해서 이것저것 챙겨 주는 엄마를 보니, 툴툴 마녀는 샘도 나고 마법 세계도 그리워졌어.

마법 숙제를 잘한 날은 마왕이 툴툴 마녀를 꼭 안아 주며 닳지 않는 사탕을 주기도 했거든.

툴툴 마녀의 말에 샤샤도 생각에 잠겼어.

"저도 가끔은요. 하지만 난 여기도 좋은데……."

"전에는 말이야, 마왕이 미울 때가 참 많았거든. 만날 혼내고, 어려운 마법 과제를 내주고, 날 이해도 못하고. 그런데 지금은 마왕이 잘해 준 것밖에 생각이 안 나."

샤샤가 툴툴 마녀의 어깨를 톡톡 쳤어.

"그러면 좋은 생각이 있어요. 마왕님께 편지를 쓰는 거예요."

"편지?"

"그래요. 마왕님도 툴툴 마녀님이 인간 세계에서 잘 지내는지 궁금하실 테니까요."

"좋았어!"

마왕이 미웠어. 마법 세계에 있을 때는 그랬어.

무서운 얼굴로 뭐든 하지 말라고 하며 야단을 쳤거든.

마왕은 날 이해하지 않는다고 생각했어.

뭐든 마왕 맘대로였지. 그런데 이상해.

마왕과 떨어져 있으니 좋았던 기억밖에 생각이 안 나.

좋았던 적이 하나도 없는 줄 알았는데. 인간 세계에

와 보니까, 마왕이 왜 그렇게 야단을 쳤는지

알 것 같아. 모두 다 나를 위해서였던 것 같아.

툴툴 마녀는 학교로 갔어. 선생님과 아이들은 근처 공원으로 소풍을 갔지. 모두들 잔치라도 벌인 듯이 먹을 것을 죽 늘어놓았어. 툴툴 마녀도 길쭉한 젤리를 쪽쪽 빨았지.

"우와! 그 젤리 어디서 났어?"

심심이가 물었어.

"이거? 학교 앞 문방구에서 샀는데?"

"좋겠다. 우리 엄마는 젤리처럼 맛있는 걸 왜 안 사주나 몰라. 다 엄마가 좋아하는 과자만 샀잖아."

심심이 입이 삐죽 나왔어.

"툴툴 마녀는 좋겠다. 먹고 싶은 거 마음대로 다 살 수 있으니까."

뚱땡이도 입맛을 다셨지.

"엄마들은 이상해. 먹는 사람은 난데, 왜 이것저것 따지는 게 많은지 모르겠어. 툴툴 마녀가 부러워."

당당이도 엄마가 사 준 과자 봉지를 뜯으며 말했어.

'엄마가 있어서 꼭 좋은 것만은 아니구나.'

아이들의 말을 들으니 툴툴 마녀는 기분이 좀 나아지는 것 같았어.

"같이 먹을래?"

툴툴 마녀가 젤리 봉지를 내밀었어. 순식간에 툴툴 마녀의 젤리가 사라졌지. 기분이 좋은 툴툴 마녀는 보물찾기에서도 제일 좋은 보물을 찾았어. 아이들은 모두 툴툴 마녀를 부러워했지.

소풍을 마치고 집으로 돌아오는 길에 툴툴 마녀는 마왕 생각을 까맣게 잊었어.

"샤샤, 이것 좀 봐. 내가 보물찾기를 해서 제일 좋은 상품을 받은 거야."

샤샤는 노트와 연필 세트를 만지작거렸어.

"내가 잘할 줄 알았다니까요!"

샤샤가 미소지으며 대답했어.

하루 종일 아이들과 놀다 보니 툴툴 마녀는 졸음이 몰려왔어. 그래서 이불을 펴고 누웠지.

"툴툴 마녀님, 마왕님께 편지 쓰기로 했잖아요."

샤샤가 툴툴 마녀 옆으로 파고들며 말했어.

"아, 편지……. 이젠 다 괜찮아졌으니까 안 써도 돼."

툴툴 마녀는 옆으로 돌아누우며 바로 꿈나라로 갔지.

'에그, 그러면 그렇지. 툴툴 마녀님이 웬일로 철든 소리를 하나 했더니.'

샤샤도 툴툴 마녀를 따라 스르륵 잠이 들었어.

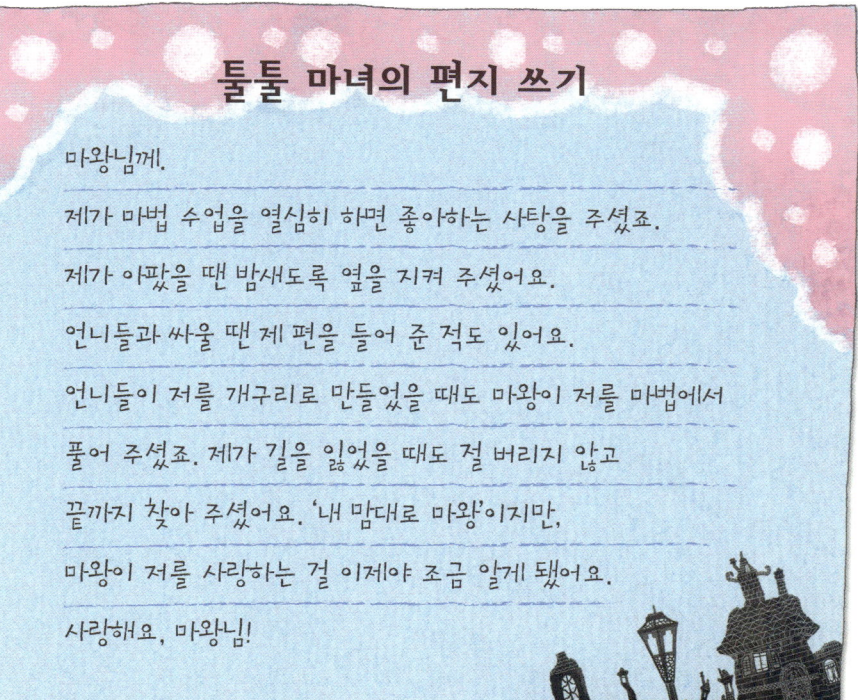

툴툴 마녀의 편지 쓰기

마왕님께.

제가 마법 수업을 열심히 하면 좋아하는 사탕을 주셨죠.

제가 아팠을 땐 밤새도록 옆을 지켜 주셨어요.

언니들과 싸울 땐 제 편을 들어 준 적도 있어요.

언니들이 저를 개구리로 만들었을 때도 마왕이 저를 마법에서

풀어 주셨죠. 제가 길을 잃었을 때도 절 버리지 않고

끝까지 찾아 주셨어요. '내 맘대로 마왕'이지만,

마왕이 저를 사랑하는 걸 이제야 조금 알게 됐어요.

사랑해요, 마왕님!

엄마가 날 이해하지 못한다고 생각하니?
그러면 편지를 써 봐. 엄마가 나에게
잘 해 주었던 것을 떠올리면서 말이야.

17. 툴툴 마녀,
마법으로 일 등 하다

시험을 본대!

자그마치 네 과목이나 말이야. 마법 세계에서 진짜 마녀가 되기 위해서 시험을 몇 번 보았지만 인간 세계 시험은 그것하고는 비교할 수도 없었지.

아무리 셈을 해도 자꾸만 틀리는 수학, '디귿'인지 '시옷'인지 헷갈리는 국어. 생각만 해도 머리가 지끈거렸어.

"툴툴 마녀님 실력을 다 아는데, 무슨 걱정이에요?"

샤샤가 살살거렸어.

"내 실력이 어때서 그래? 나도 하면 잘한다고!"

툴툴 마녀는 소리를 꽥 질렀지. 하지만 곧 풀 죽은 목소리로 말했어.

"애들에게 뭔가를 보여 주고 싶단 말이야."

"그럼 오늘부터라도 열심히 공부하세요."

샤샤 말이 틀린 건 아니야. 하지만 하루 공부했다고 나아질 리 있겠어? 툴툴 마녀는 연필을 굴리면서 곰곰이 생각해 보았지.

'맞아! 내가 왜 그 생각을 못했지?'

툴툴 마녀는 샤샤 눈치를 보다가 책상 속 깊숙이 넣어 두었던 마법 지팡이를 슬쩍 꺼냈어. 그러고는 옷 안에 숨겨 화장실로 향했지. 잡았던 연필을 손에 꼭 쥐고 말이야.

들어가자마자 툴툴 마녀가 작게 소곤댔어.

"뭐든지 알아맞히는 연필이 되어라, 샬랑샬랑 샤르릉 뽕뽕"

순간 연필이 반짝거렸어.

"됐어!"

툴툴 마녀는 이제 걱정하지 않고 일찍 자기로 했지.

마법도 내 실력이라면 실력이지, 뭐 어때?
선생님과 아이들은 결과만 보잖아.
과정이 어떻든 알게 뭐야? 내가 만약 일 등을 한다면
모두들 깜짝 놀라겠지? 그리고 날 부러워하겠지?
'툴툴 마녀 짱! 툴툴 마녀 멋져!'라는 소리가
들리는 것 같아. 열심히 하는 애들도 없어 보였는데,
괜찮아, 괜찮다고!

"벌써 자면 어떡해요? 내일 시험 본다면서요."

샤샤가 걱정스럽게 쳐다봤어.

"다시 생각해 보니 시험 성적이 인생에 전부는 아닌 것 같아."

툴툴 마녀는 연필을 꼭 쥐고 잠이 들었지.

다음 날 시험지를 받아든 툴툴 마녀는 자신감이 넘쳤어. 필통에 잘 넣어 두었던 연필을 꺼냈어. 연필에서 '반짝' 하고 빛이 났지. 수학 시험 시간에는 계산을 하지 않아도 정답이 툭 하고 써졌어. 국어 시험을 볼 땐 읽지 않아도 뾰족한 심이 콕콕 답을 찔러주었지. 나머지 과목도 마찬가지였어. 그야말로 연필은 정답을 골라 쓱쓱 잘도 써졌어.

툴툴 마녀는 아주 기분 좋게 시험을 끝냈지. 바로 채점을 시작했어. 결과야 뻔하지. 툴툴 마녀는 모든 과목에서 백 점을 받았어. 매번 일 등을 하던 나리는 아깝게 한 문제를 틀려 이 등을 했지.

"툴툴 마녀가 공부를 정말 열심히 했나 봐요. 여러분, 박수!"

선생님이 툴툴 마녀에게 박수를 쳐 주었어. 아이들도 따라 박수를 쳤지.

"툴툴 마녀! 대단해. 언제 공부를 한 거야?"

심심이가 물었어.

"나도 한다면 하는 마녀라고!"

툴툴 마녀는 우쭐댔지.

그런데 나리의 표정이 심상치 않았어.

예상하지 못했던 툴툴 마녀에게 일 등을

빼앗겼으니 얼마나 속상하겠어. 쉬는 시간에 나리는 그만 책상에 엎드려 울음을 터뜨렸어.

"나리야, 넌 만날 일 등만 하면서 뭘 그래? 담에는 네가 일 등 하면 되잖아."

툴툴 마녀가 나리를 토닥거렸어.

나리가 툴툴 마녀를 쳐다보았어. 그러고는 울음을 멈추었지.

"고마워, 툴툴 마녀. 내가 틀린 수학 문제 좀 가르쳐 줄래?"

나리가 눈물을 닦으며 말했어.

"어? 틀린 문제……. 잠깐! 지금 화장실이 급해서 말이야. 나중에……."

툴툴 마녀는 황급히 교실을 뛰쳐나오고 말았어. 등에서는 진땀이 흘렀지.

'큰일 났다. 하나도 모르는데 어떡하지?'

남은 시간이 끝날 때까지 툴툴 마녀의 가슴이 콩닥콩닥 뛰었어. 수업이 끝나고도 핑계를 대고는 얼른 집으로 왔지.

샤샤가 물었어.

"툴툴 마녀님, 오늘 시험 잘 봤어요?"

"그냥 그래."

"툴툴 마녀는 당연 꼴등일 테고, 누가 젤 잘했어요?"

툴툴 마녀는 샤샤를 째려보며 말했어.

"나리지, 누구겠어?"

"역시! 제가 밤에 돌아다닐 때 봤는데, 나리는 매일 배운 걸 공부하고 자더라고요."

툴툴 마녀는 깜짝 놀랐어.

"정말? 정말 그랬어?"

"그럼요, 나리는 정말 열심히 했어요."

툴툴 마녀는 일 등을 하고도 기쁠 수 없다는 걸 그제야 깨달았어.

결과가 좋은 사람들은 어떤 과정이 있었을까?

노력하는 사람은 열매가 달다고 하고, 노력하지 않는 사람은 열매가 쓰다고 했어. 노력하는 과정이 힘들었던 만큼 결과가 좋게 나오면 마음은 더 행복하지.
그런데 노력하지 않은 사람은 결과가 나쁘게 나오면 늘 불평을 해. 시험이 어려웠다는 둥, 일 등을 한 친구는 운이 좋았다는 둥 말이야.

좋은 결과는 갑자기 생기는 게 아니야.
발가락이 구부러질 정도로 연습했던 세계적인 발레리나와 모두가 자는 밤에도 연습에 몰두했던 축구 선수처럼 결과 안에는 남모르는 노력과 고통이 숨어 있다는 걸 꼭 기억해!

18. 툴툴 마녀,
소문을 퍼뜨리다

시험을 본 이후로 툴툴 마녀는 아이들 보기가 편하지 않았어.

마법으로 일 등을 한 후 아이들이 뭐라고 쏙닥거리는 것 같았거든. 게다가 나리한테 틀린 문제를 가르쳐 주기는커녕 만날 피해만 다녔으니, 분명 나리가 이상하게 생각할 것만 같았어.

'나리가 모든 걸 알기 전에 무슨 계획이라도 세워야겠어.'

툴툴 마녀는 나리의 약점을 잡으려고 종일 나리를 훔쳐보았어. 까망콩에게 나리에 대해 물어보기도 했어.

"까망콩, 그동안 나리가 뭐 잘못한 거 없니?"

"글쎄……."

"널 무시했다든가 구박했다든가 그런 거 없냐고."

"처음엔 애들 모두 날 싫어했지만, 툴툴 마녀 덕분에 지금은 아니야.”

까망콩 말을 듣던 툴툴 마녀는 눈이 번쩍 뜨였어.

‘아!’

나리는 인기가 많아서 아이들에게 먼저 다가가지 않아도 주변에 늘 친구들이 많아. 그래서 조용한 까망콩에게도 먼저 다가오는 법이 없었지.

‘그걸 이용하는 거야.’

툴툴 마녀는 소문을 내기 시작했어. 나리에 대한 소문을 말이야. 아주 조용하고도 천천히 소문을 내기 시작했지.

먼저 까망콩에게 이렇게 말했어.

“나리가 너랑 왜 말을 안 하는 줄 알아? 같이 다니면 창피하대.”

심심이에겐 이렇게 말했지.

"쉿, 나리가 말이야, 맘속으로는 널 싫어하면서 네가 다가오니까 좋은 척해 주는 거래."

당당이와 뚱땡이에게도 속삭였지.

"어제 나리가 다른 애한테 네 험담을 했대. 공부도 못하면서 잘난 척한다고 말이야."

"나리가 뚱뚱하고 공부 못하는 애들은 꼴불견이랬어."

툴툴 마녀의 소문내기는 계속 되었어.

"나리가 말이야, 어쩌고저쩌고……."

툴툴 마녀의 생각

나쁜 소문 한 번 낸다고 큰일이라도 나겠어?

내가 한 일을 감추려면 어쩔 수 없어.

내가 마법 세계로 돌아가면 나리는 다시 일 등을

할 텐데, 그까짓 소문은 나리에겐 아무렇지도 않을 거야.

그리고 아이들이 나리를 좋아하는데,

소문을 낸다고 달라지진 않을 거야.

그런데 왜 마음이 따끔따끔 이상한 걸까?

마법으로 일 등한 것도 그렇고, 가만있는 나리에 대해

나쁜 소문을 내는 것도. 하지만 어차피 난 마법 세계로

갈 거니까. 괜찮아, 괜찮아…….

툴툴 마녀는 아이들에게 다가가서 속삭였어. 그럴 때마다 아이들 얼굴이 붉으락푸르락해졌지.

어느덧 소문은 반 전체에 퍼졌어. 아이들이 나리를 보는 눈이 심상치가 않았어.

평소에 나리 주변에 모였던 아이들도 제각각 따로 놀았어. 나리에게 아는 척을 하지 않는 아이도 생겨났어.

나리는 아무것도 모른 채 아이들이 이상해졌다고만 생각했지.

나리가 먼저 아는 체를 하더라도 아이들은 모두 "흥!" 하고 고개를 돌리며 나리를 외면했어. 툴툴 마녀는 아이들의 행동을 지켜보다가 '아차' 하는 생각이 들었어.

툴툴 마녀는 아이들이 나리를 싫어하게 만들 생각은 없었어. 단지 툴툴 마녀가 마법을 써서 일 등을 했다는 사실을 나리가 알고 아이들에게 얘기할까 봐 미리 감추려던 게 그렇게 된 거였지. 아이들이 나리를 본체만체 하자 나리가 폭발했어.

"너희들 대체 왜 그러는 거야?"

나리는 울상을 지으며 소리쳤어.

"그걸 몰라서 묻는 거야?"

오히려 아이들이 나리에게 소리쳤지.

"난 정말 몰라. 모른다고!"

"네가 우리 험담을 하고 다녔잖아. 넌 뭐가 잘나서 그래?"

아이들이 험상궂게 말했어.

"뭐? 난 너희들 험담을 한 적이 없어."

나리가 억울하다는 듯이 말했어. 툴툴 마녀는 고개를 들 수가 없었지.

"우린 다 알아. 툴툴 마녀가 그러는데 네가 우리 험담을 하고 다닌다고 했어."

당당이가 말하며 툴툴 마녀를 쳐다봤어.

"툴툴 마녀! 어떻게 된 거야? 내가 너에게 아이들 험담을 했다고?"

툴툴 마녀는 어쩔 줄을 몰라 허둥댔어.

"아니, 그게 아니라……."

이번에 아이들 눈은 모두 툴툴 마녀에게 쏠렸어.

"내가 꿈에서 들었나……?"

나리가 크게 울면서 소리쳤어.

"툴툴 마녀, 넌 너에 대한 나쁜 소문이 난다면 좋겠어? 하지도 않았는데, 했다고 하면 좋겠냐고!"

툴툴 마녀는 고개를 숙였어. 그리고 자기가 왜 그런 소문을 만들었는지 아이들에게 모두 털어놓았어.

"미안해. 정말 미안해."

툴툴 마녀는 소문이란 게 정말 무서운 거란 걸 이번에 확실히 깨달은 거야.

거짓말과 결과

거짓말	결과
마법을 써서 일 등 한 걸 감추려고, 나리에 관한 못된 소문을 퍼뜨렸다. 거짓말이 들통 나고, 나리와 아이들이 상처를 받았다.	만약 거짓말이 들통 나지 않았더라면 나리는 영영 나쁜 아이가 되고 말았을 것이다. 나리는 얼마나 억울했을까?
심심이는 엄마에게 혼날까 봐 자기가 먼저 때리고서 형이 먼저 때렸다고 거짓말했다. 엄마에게 둘 다 혼났고 형은 안 놀아 주었다.	엄마가 사실은 다 알고 있는 것 같다. 이렇게 거짓말을 하다간 언젠가 더 크게 혼날 것이다.
친척들에게 세뱃돈을 엄청 많이 받았다고 친구들에게 거짓말을 했다. 친구들이 간식을 사달라고 할 때마다 가슴이 뜨끔거린다.	친척이 없는 건 창피한 게 아닌데, 그런 거짓말을 하다니! 친척 이야기를 물을까 봐 항상 마음이 조마조마하다.

거짓말은 언젠가 들통이 나게 돼 있어.
순간을 피하기 위해서 거짓말을 한다면 나중에
더 큰 창피를 당할지도 몰라. 그리고 늘 심장이
두근두근 뛸 거야. 당당하게 생활하려면
거짓말을 하지 말아야 한다는 걸 항상 새겨 두라고!

19. 툴툴 마녀,
자전거를 배우다!

모든 걸 솔직하게 밝힌 툴툴 마녀는 참 괴로웠어.

선생님과 아이들이 자기를 다시 싫어하게 될 거라고 생각했지. 스스로 생각해도 참 한심한 짓이었거든.

하지만 아이들은 용기를 내어 모든 걸 말해 준 툴툴 마녀를 다독여 주었어.

선생님도 다시는 그러지 말라고 짧게 말씀하셨지.

인간 아이들은 마음이 참 넓은 것 같아. 툴툴 마녀는 점점 더 인간 세계가 좋아졌어.

오늘은 날씨가 참 좋아. 그래서 아이들은 수업이 끝나면 자전거를 타러 가자고 했어. 하지만 툴툴 마녀는 빗자루만 타고 다녀서 자전거를 탈 줄 몰라.

"네 바퀴도 아니고 두 바퀴인 자전거를 어떻게 타?"

툴툴 마녀가 자전거를 신기하게 쳐다봤어.

"중심만 잘 잡으면 금방 배울 수 있어."

당당이가 말했어.

"내가 가르쳐 줄까?"

심심이가 자기 자전거를 내어 주면서 툴툴 마녀에게 말했어. 역시 심심이는 재밌는 일에 뭐든 적극적이야.

"글쎄……. 난 좀 무서운데, 잘 탈 수 있을까?"

툴툴 마녀는 다리가 떨렸어.

"그럼, 잘 탈 수 있을 거야."

아이들은 자전거를 타려고 공원으로 갔어.

툴툴 마녀도 공원까지 심심이 자전거 뒤에 앉아 갔지. 자전거에 앉은 기분이 뭐랄까? 빗자루를 타고 나는 것하고는 조금 다른 느낌이었어.

다른 아이들은 자전거로 공원을 한 바퀴 돌기 위해 출발하고, 심심이와 툴툴 마녀만 남았지.

툴툴 마녀는 안장에 올라 자전거 손잡이를 꽉 잡았어. 뒤에서 심심이가 진땀을 뻘뻘 흘리며 자전거를 잡아 주었지.

그런데 말이야, 툴툴 마녀는 운동신경이 정말 없나 봐. 심심이가 아무리 힘껏 잡아 주어도 일 분도 못 버티고 넘어지고 마는 거야.

"난 몰라. 내 멋진 무릎에서 피가 나잖아!"

"어휴, 툴툴 마녀. 너처럼 중심 못 잡는 사람은 없을 거야."

툴툴 마녀는 무릎이 깨지고 심심이도 이젠 남아 있는 힘이 없었어. 툴툴 마녀는 당장에 자전거 배우기를 그만두고 싶었지.

툴툴 마녀의 생각

자전거 배우는 걸 너무 만만히 봤나 봐.

이렇게 힘든 건 줄 알았다면 시작도 하지 말걸.

수학문제 푸는 것보다 몇 배는 어렵잖아.

심심이 녀석, 생각보다 질긴 데가 있네.

저도 힘들 텐데 포기하지 않고 말이야.

하지만 이대로 포기했다간 자전거 한 번 타 보지

못하고 마법 세계로 돌아갈 텐데…….

아, 울고 싶어라!

풀밭에 앉아 숨을 고르던 심심이가 다시 일어났어.

"자, 툴툴 마녀! 다시 해 보는 거야."

"아니야, 난 못하겠어.

"할 수 있다니까!"

심심이는 툴툴 마녀를 일으켜 세웠어. 할 수 없이 툴툴 마녀는 다시 자전거에 올랐지.

"자, 이번에는 세게 밀 거야. 몸을 바로 세우고 앞을 보는 거야. 안 넘어지게 꽉 잡아 줄게."

심심이가 자전거를 세게 밀며 말했어. 툴툴 마녀는 좀 겁이 났지만 심심이가 잡고 있다는 생각을 하며 힘껏 페달을 밟았어. 등을 똑바로 세우고 바람을 맞았지.

"와, 간다, 가!"

툴툴 마녀가 흥분해서 소리쳤어. 오십 미터는 나간 것 같았어.

하지만 또 넘어지고 말았지.

"툴툴 마녀가 해냈어. 잡다가 금방 손을 놓았는데 혼자 그만큼 간 거야. 대단해!"

그러고 보니 정말 심심이는 저 멀리서 뛰어오고 있었어.

'정말 나 혼자서 탔네!'

툴툴 마녀는 넘어지긴 했지만 자신감이 생겼어.

"이번엔 내가 혼자서 타 볼게."

툴툴 마녀는 다시 일어났어. 처음부터 심심이가 가르쳐 준 걸 생각하면서 페달을 밟았지. 자전거가 아까보다 더 멀리 달려 나갔어. 툴툴 마녀는 이제 감을 좀 잡은 것 같았어. 균형 잡는 법을 말이야.

바람이 툴툴 마녀의 얼굴에 시원하게 부딪혔어.

'포기했으면 정말 후회할 뻔 했잖아.'

툴툴 마녀의 마음속에 기쁨이라는 느낌이 보글보글 솟아오르고 있었어.

실패와 성공 법칙

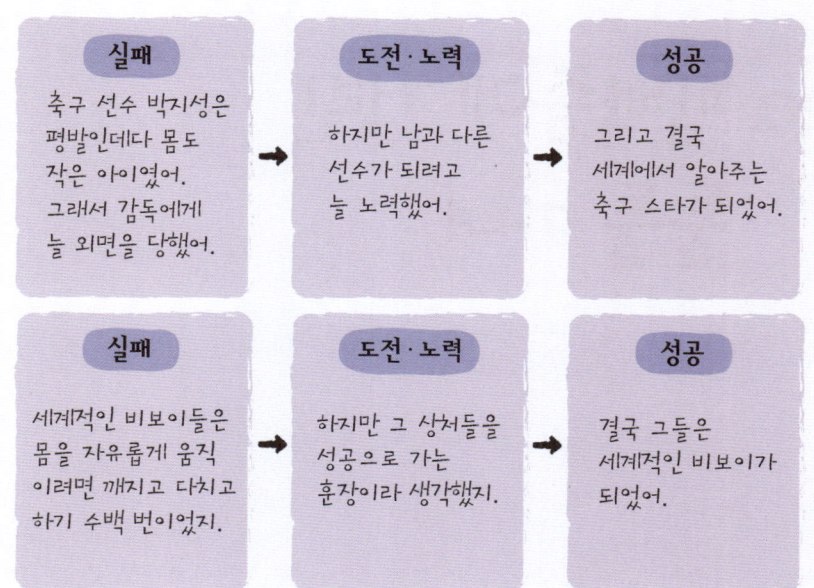

실패	도전·노력	성공
축구 선수 박지성은 평발인데다 몸도 작은 아이였어. 그래서 감독에게 늘 외면을 당했어.	하지만 남과 다른 선수가 되려고 늘 노력했어.	그리고 결국 세계에서 알아주는 축구 스타가 되었어.
세계적인 비보이들은 몸을 자유롭게 움직이려면 깨지고 다치고 하기 수백 번이었지.	하지만 그 상처들을 성공으로 가는 훈장이라 생각했지.	결국 그들은 세계적인 비보이가 되었어.

지금 가지고 있는 약점이나 환경은 중요하지 않아. 평발에 키가 작아도 축구 선수가 될 수 있고, 가난하고 눈이 보이지 않아도 부자나 피아니스트가 될 수 있어. 자기가 가진 단점을 알고 그것을 어떻게 극복하고 노력하느냐에 따라 성공의 열쇠는 가질 수도 있고 영영 갖지 못할 수도 있는 거야.

우리 주위에는 그런 사람들을 얼마든지 볼 수 있어. 박지성 선수처럼 말이지. 실패? 그것은 말 그대로 실패가 아니야. 실패의 아픔을 이겨 내면 더 값진 성공의 기쁨을 느낄 수 있어.

20. 깜빡증에 걸린 툴툴 마녀

'따르릉 따르릉~' 전화벨이 울렸어.

"여보세요?"

"툴툴 마녀? 지금 집에서 뭐하는 거야!"

당당이 목소리가 들려왔어.

"뭐하긴. 일요일이라 쉬는 거지."

툴툴 마녀는 대수롭지 않게 말하며 코딱지를 팠지.

"오늘 축구하기로 한 거 생각 안나? 남자 애들끼리만 한다는 걸 억지로 끼워달라고 해 놓고는."

그때서야 툴툴 마녀는 무릎을 '탁' 쳤어.

"아차!"

"너 때문에 선수 한 명이 부족하게 됐잖아!"

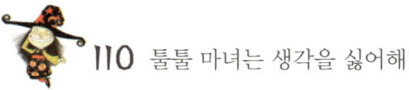

"미안해, 그런데 오늘은 좀 피곤해."

툴툴 마녀는 늘어지게 하품을 했어.

"뭐?"

당당이는 화가 나서 전화를 뚝 끊어버렸지.

"또 약속을 잊은 거예요?"

샤샤가 물었어.

"응……."

"도대체 몇 번째예요? 이래서 아이들이 툴툴 마녀님을 어떻게
믿겠어요?"

"그게, 어제는 분명 축구를 하고 싶었거든.

그런데 오늘 아침에 일어나니까 좀 피곤하지 뭐야."

툴툴 마녀는 머리를 긁적거렸어.

"그건 약속을 중요하지 않게 생각하고 있기 때문이에요!"

샤샤가 가르치듯 말했어.

"약속이 그렇게 중요한 거야? 맘이 바뀔 수도 있는 거잖아."

"그럼 툴툴 마녀님과 약속한 사람들은 어떻게 되는 건데요?"

툴툴 마녀는 대답을 할 수 없었지.

툴툴 마녀의 생각

약속을 꼭 지켜야 해?

약속을 하고 무슨 일이 생길 수도 있는 거잖아.

맘이 바뀔 수도 있는 거고. 하지만

샤샤 말을 듣고 보니 입장마다 다를 것 같기도 해.

누가 나랑 놀기로 약속해 놓고 안 나온다면

나는 어떤 기분일까? 아…, 꼭 버림받은 기분이

들 것 같아. 그러면 약속은 꼭 지켜야 하는 건데……

다음 날이 되었어.

아이들은 이따가 영화를 보러 간대. 끝내주게 재밌는 만화 영화라나.

툴툴 마녀도 보고 싶었지.

"얘들아, 나도 같이 가자."

하지만 당당이는 고개를 저었어.

"안 돼. 툴툴 마녀 말은 믿을 수가 없어."

"아니야, 꼭 갈 거라고."

"어제도 꼭 나온다고 해 놓고는
안 나왔잖아."
툴툴 마녀는 너무 서운했어.
"야, 약속 몇 번 안 지켰다고 날 안
끼워주는 건 너무 하잖아."
이번엔 까망콩이 말했어.
"툴툴 마녀, 약속은 중요한 거야. 약속을
안 지키는 건 거짓말을 한 거나 똑같은 거라고."
까망콩의 거짓말이란 말에 툴툴 마녀는 한 방 얻어맞은 것 같
았지.
"얘들아, 미안해. 난 거짓말하는 마녀는 아닌데……. 이제부터
내가 약속을 꼭 지키는 마녀라는 걸 보여 줄게."
아이들은 무슨 말인지 몰랐어. 하지만 툴툴 마녀는 얼른 집으
로 달려갔지. 책가방을 내려놓고 용돈을 챙긴 후에 약속 시간이
되기 한 시간도 전에 집을 나섰지.
'먼저 가 있으면 아마도 끼워 주겠지? 약속을 쉽게 생각했다가
또 왕따가 될 뻔했잖아!'
툴툴 마녀의 검은 머릿결이 바람에 날리고 있었어.

믿음을 주는 법

어느 어촌에는 해마다 이무기에게 처녀를 바치는 제사가 있었어.

제물이 된 한 처녀가 몹시 슬퍼하고 있는데,

용감한 청년이 나타났어.

자신이 이무기를 없애고 돌아올 테니 100일만 기다려

달라고 했지. 그리고 처녀에게 돌아오면 결혼을 하자고 했어.

돌아올 때 돛에 걸린 깃발이 흰색이면 자신이 살아 있는 것이고,

붉은색이면 죽은 것이라고 약속을 했어.

처녀는 100일 동안 청년이 무사하도록 빌었어.

100일째 되는 날 청년의 배가 돌아오는데,

돛에 걸린 깃발이 붉은 깃발이었어.

처녀는 너무 슬퍼서 바위에서 뛰어내려 죽고 말았지.

그런데 붉은 깃발은 청년이 이무기와 싸우다가 묻은 피였어.

청년은 살아 있었던 거야. 급하게 돌아오느라 처녀와의 약속을

잊은 거지. 그 뒤에 처녀가 죽은 자리에 꽃이 한 송이 피어났어.

사람들은 백 일 동안 기도를 한 처녀의 혼이 꽃으로

살아난 것이라 하고, 그 꽃 이름을 백일홍이라고 불렀단다.

'약속'이란 앞으로 일어날 일에 대해서 서로 의논해 정하는 것을 말해. 사람끼리 약속은 아주 중요한 거야. 약속을 자주 어기는 사람은 신뢰도 잃게 되지.

아침에 만날 지각을 하는 사람, 약속 시간에 늦는 사람, 약속을 잊어버리는 사람, 무엇을 빌려 가고 돌려주지 않는 사람 등 여러 유형이 있어. 약속을 가볍게 생각하는 사람 주위에는 친구가 없어. 그 사람을 믿을 수 없으니 친구도 할 수 없는 거야. 그러면 나는 어떤 사람일까? 나는 약속을 잘 지키는 사람인지 곰곰이 생각해 봐.

친구에게 나에 대한 믿음을 어떻게 줄까?

- ☑ 약속은 꼭 지킨다.
  못 지킬 경우에는 미리 말해 준다.
- ☑ 거짓말을 하지 않는다.
- ☑ 다른 친구의 말에 귀 기울인다.
- ☑ 어떤 행동을 할 때는 생각하고 행동한다.
- ☑ 돈이나 물건을 빌리면 꼭 갚기로
  한 날짜에 갚거나 돌려준다.

21. 지하실에서 마주친 검은 마녀

바람이 많이 부는 밤이었어.

거센 바람이 창문에 부딪혀서 '휘리릭 휘리릭' 큰 새가 날개를 치는 듯한 소리가 났어. '윙윙윙' 바람이 집을 삼킬 듯한 소리도 났지.

하늘에 뜬 보름달도 달무리에 가려 보이지 않았어.

왠지 불길한 생각이 드는 밤이야. 툴툴 마녀는 영 잠이 오지 않았어.

"샤샤, 아무 데도 가면 안 돼."

툴툴 마녀는 샤샤의 발을 꼭 붙잡았어.

"오늘은 참 이상한 밤이네요."

샤샤도 귀를 쫑긋 세운 채 눈을 번뜩였지.

그때였어. '와장창창!' 쌓아둔 뭔가가 무너지는 소리가 어디선
가 들려왔어.
  "이게 무슨 소리지?"
  "지하실에서 난 소리 같은데요?"
  "그래? 샤샤, 네가 갔다 와 봐."
  "제가요? 혼자요? 어휴, 저도 무섭다고요!"
  그렇게 툴툴 마녀와 샤샤는 옥신각신하다가 결국 둘이 같이 가
보기로 했지.
  손전등을 꼭 쥔 툴툴 마녀의 손이 부르르 떨렸어.
  지하실 문을 열자, 캄캄한 지하실 바닥이 어수선했어.

"인간들이 사는 데는 뭐가 이렇게 많고 복잡해?"

누군가 투덜거렸지.

"캬옹"

샤샤가 날카로운 소리를 냈어.

"누… 누구세요?"

툴툴 마녀가 용기를 내어 말했어.

"드디어 만났군, 툴툴 마녀!"

신경질을 내고 있던 검은 그림자가 다가왔어.

툴툴 마녀가 비춘 빛에 검은 그림자의 얼굴이 드러났지.

"앗! 검은 마녀!"

툴툴 마녀는 너무 놀랐어. 검은 마녀가 인간 세계에 오다니! 마왕은 검은 마녀에게 절대 인간 세계에 내려가지 말라는 경고를 내린 적이 있었어. 나쁜 짓만 하는 검은 마녀가 인간 세계를 어지럽게 할까 봐 걱정했지.

"어때? 인간 세계에서 지내는 게?"

검은 마녀가 야릇한 미소를 지으며 물었어.

"지낼만 해요."

"하하, 지낼만 하다고? 인간 세계에 안 가겠다고 울던 때가 엊그제 같은데?"

"그랬었죠."

"마왕이 널 무척 기다리신다. 누구한테 들었는지 네가 잘하고

있다고 그러셨어. 언제든 제1마법도 가르쳐 줄 거라 하셨지. 제
1마법이 얼마나 근사한 마법인지 너도 알지? 웬만해선 잘 안 가
르쳐 주시는 마법이잖아. 그걸 배우면 넌 마법 세계에서도 뛰어
난 마법사가 될 수 있는 거야. 어서 마법 세계로 돌아가고 싶지
않아?”

　검은 마녀의 말에 툴툴 마녀는 눈이 동그래졌어. 제1마법은 툴
툴 마녀가 꼭 배우고 싶었던 거였거든. 그걸 가르쳐 주신다니!

　“너 대신 남은 기간에 내가 있어 줄 테니 넌 돌아가.”

　검은 마녀가 나지막하게 속삭였어.

　“정말요?”

　툴툴 마녀의 가슴이 벌렁벌렁 뛰었어. 샤샤가 눈을 치켜뜨고
쳐다보는지도 몰랐지.

　샤샤는 검은 마녀가 거짓말을 하고 있다는 것을 느낄 수 있었
어. 그래서 얼른 방으로 올라가 툴툴 마녀와 아이들이 함께 찍은
사진을 가져왔지.

　“이 아이들을 검은 마녀와 함께 둔다고요?”

　아이들 사진을 보자 툴툴 마녀는 정신이 번쩍 들었어.

　“아!”

　툴툴 마녀가 말했어.

　“정말 마왕이 제1마법을 알려 주신다고 했어요?”

　검은 마녀 얼굴이 일그러졌어.

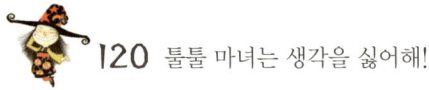

제1마법은 마왕이 쉽게 가르쳐 주지 않는 마법이야.

그걸 나에게 가르쳐 준다니!

그러면 마법 세계에서 난 아주 유명해질 거야.

누구도 날 함부로 보지 않을 거고.

하지만 검은 마녀를 여기에 두었다간 아이들에게

나쁜 짓을 할 게 분명해.

검은 마녀가 여기까지 어떻게 온지는 모르겠지만,

어서 돌아가게 해야 해. 어떻게 해야 하지?

"가 보면 알 거 아냐? 인간 아이들이 지겹지도 않아? 자자, 내 말을 들으라고."

툴툴 마녀의 가슴이 더 크게 벌렁거렸어. 제1마법과 아이들, 둘 중에 무엇을 선택해야 하는지 정말 혼란스러웠어. 그때 샤샤가 소리쳤어.

"툴툴 마녀님은 안 갈 거예요. 툴툴 마녀님이 제1마법과 친구들을 바꿀 리가 없어요!"

툴툴 마녀는 샤샤를 바라보았어.

"넌 좀 조용히 해! 툴툴 마녀, 잘 생각해 봐. 어서어서!"

이제 검은 마녀는 거의 애원하다시피 말을 했어. 툴툴 마녀는 샤샤를 빤히 보다가 고개를 가로저었지.

"난 갈 수 없어요. 약속한 날까지 인간 세계에 남겠어요!"

그때였어. 다시 '휘리릭' 날개 치는 소리가 나고, '윙윙윙' 무시무시한 바람 소리가 들리더니 검은 마녀가 사라져버린 거야.

"잘했어요!"

샤샤가 소리쳤어.

툴툴 마녀는 서둘러 방으로 올라왔어. 시원한 물도 마셨지. 그리고 가만히 서서 아이들 사진만 계속 바라보고 있었단다.

선택과 책임

누군가 울고 있는 나에게 말을 했어.
"엄마에게 혼이 난 모양이구나.
내가 네 엄마를 데려갈까?"

→ 넌 뭐라고
대답을 하겠니?

"공부하기 싫어!"
"내가 대신 해 줄게. 넌 놀기만 해."

→ 놀기만 했던 나는
나중에 어떤 사람이
되어 있을까?

우리는 늘 여러 가지 중 하나를 선택해야 하는 순간을 맞곤 해. 어떤 선택을 하든지 선택에 따른 '책임'과 '결과'는 자신이 갖게 되는 거야. 바로 눈앞의 결과만 생각해서 선택을 한다면 분명 후회할 일이 생기게 되지. 너라면 어떤 선택을 할 거니?

22. 툴툴 마녀의
생일 파티

까망콩이 별안간 물었어.

"툴툴 마녀, 생일이 언제야?"

"생일?"

그러고 보니 생일을 까맣게 잊고 있었던 거야.

"내 생일은 복숭아꽃이 필 때야."

"복숭아꽃? 그러면 한참 지났잖아."

"맞아, 인간 세계에 와서 정신없이 지내느라 생일도 잊어버렸네."

툴툴 마녀는 좀 슬픈 생각이 들었어. 까망콩은 툴툴 마녀를 가만히 바라보았어.

"툴툴 마녀, 많이 늦었지만 생일 파티를 하면 어떨까?"

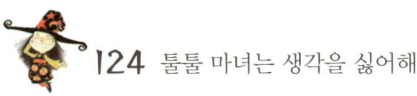

"어?"

까망콩이 이런 말을 할 줄은 몰랐어. 말도 안 하고 수줍어만 하던 아이였는데, 툴툴 마녀와 짝을 한 후로 많이 달라진 거야. 까망콩이 나지막하고도 따뜻하게 말했어.

"내가 초대장을 만들어서 아이들에게 줄게."

까망콩은 바로 스케치북을 뜯어 초대장을 만들기 시작했어. 색연필로 그림까지 그려가면서 말이야.

툴툴 마녀는 정말 감동했지.

초대장

툴툴 마녀의 생일 파티에 초대합니다.
원래 툴툴 마녀 생일은 복숭아꽃이 피는 봄이래.
벌써 가을이 되었지만, 그럼 어때?
꼭 생일 파티를 그날 해야 하는 건 아니잖아?
툴툴 마녀 생일을 축하해 주고 싶은 사람은 꼭 와.

날짜 : 이번 주 토요일
시간 : 오후 한 시
장소 : 툴툴 마녀네 집
쓴 사람 : 까망콩

까망콩! 넌 역시 내 짝이야.

처음엔 너를 바보 같다고 생각했어.

하지만 마음이 깊은 너는 나를 많이 이해해 주었어.

어쩌면 네 덕분에 다른 아이들과 친해졌는지도 몰라.

내가 너였다면 너처럼 하지 못했을 거야.

사실 넌 바보 같은 아이가 아니었어. 그림도 잘 그리고,

생각도 깊고, 아이들을 좋아했지. 내가 너의 짝이 된 건

행운이었어. 고마워, 내 짝 까망콩!

토요일이 자꾸만 기다려졌어. 아이들을 재밌게 해 주고 싶었지. 툴툴 마녀는 마법 세계에서 가져온 구슬을 만지며 마왕에게 부탁을 했어. 생일 파티를 하는 날은 특별히 마법을 쓰게 해 달라고 말이야. 마왕은 허락해 주었어. 어느새 마왕은 툴툴 마녀를 믿고 있었던 거야.

토요일이 되자 툴툴 마녀네 집으로 아이들이 몰려왔어. 툴툴 마녀는 그렇게 많은 아이들이 생일 파티에 올 줄 몰랐어.

아이들이 가져 온 선물도 산처럼 쌓였지. 당당이는 계산기를 선물했어. 셈을 못하는 툴툴 마녀가 손해 보지 말라고 말이야. 심심이는 갖고 있던 게임기 중 하나를 선물했어.

나리는 엄마가 떠 준 예쁜 털모자를, 뚱땡이는 초콜릿을, 그리고 까망콩은 툴툴 마녀를 꼭 안아주었지.

"얘들아, 고마워. 오늘은 내 생일이니까 내 식대로 할 거야. 기대하라고!"

툴툴 마녀와 아이들은 풍선을 불었어.

아이들 손에는 빨강, 노랑, 파랑, 하양 여러 가지 색깔의 풍선이 있었어.

"이제 풍선을 타고 천장까지 올라가는 거야!"

툴툴 마녀가 소리쳤어.

"뽀로롱 두둥실 부리부리 뿡뿡뿡"

툴툴 마녀가 주문을 외우자 아이들 몸이 작아지기 시작했어. 풍선은 두둥실 떠오르기 시작했지.

"얘들아, 풍선 꼭지를 힘껏 잡아야 해!"

툴툴 마녀도 같이 풍선을 타고 둥실둥실 떠올랐지.

"최고다, 최고야!"

아이들이 흥분해서 소리쳤어.

풍선은 천장을 몇 바퀴 돌고 아래로 내려왔어. 아이들도 발이 바닥에 닿자마자 원래로 돌아왔지.

이뿐만이 아니었어. 시계 초침이 되어 시계 안을 빙글빙글 도는 아이들, 먹어도 먹어도 계속 커지는 빵을 손에 든 아이, 서로의 모습으로 변해 거울을 보며 놀라는 아이들, 샤샤를 타고 집안을 돌아다니는 아이들. 모두들 처음 해 보는 놀이에 신이 나서 시간 가는 줄도 몰랐어.

어느덧 돌아갈 시간이 되었지.

"툴툴 마녀, 오늘 정말 재밌었어!"

"고마워, 많이 늦은 생일 파티에 와 줘서."

아이들이 모두 돌아가자 샤샤는 대자로 눕고 말았지.

하지만 툴툴 마녀는 아이들이 준 선물을 하나씩 다시 보았어.

'내 친구들……'

툴툴 마녀는 왠지 모르게 눈물이 났단다.

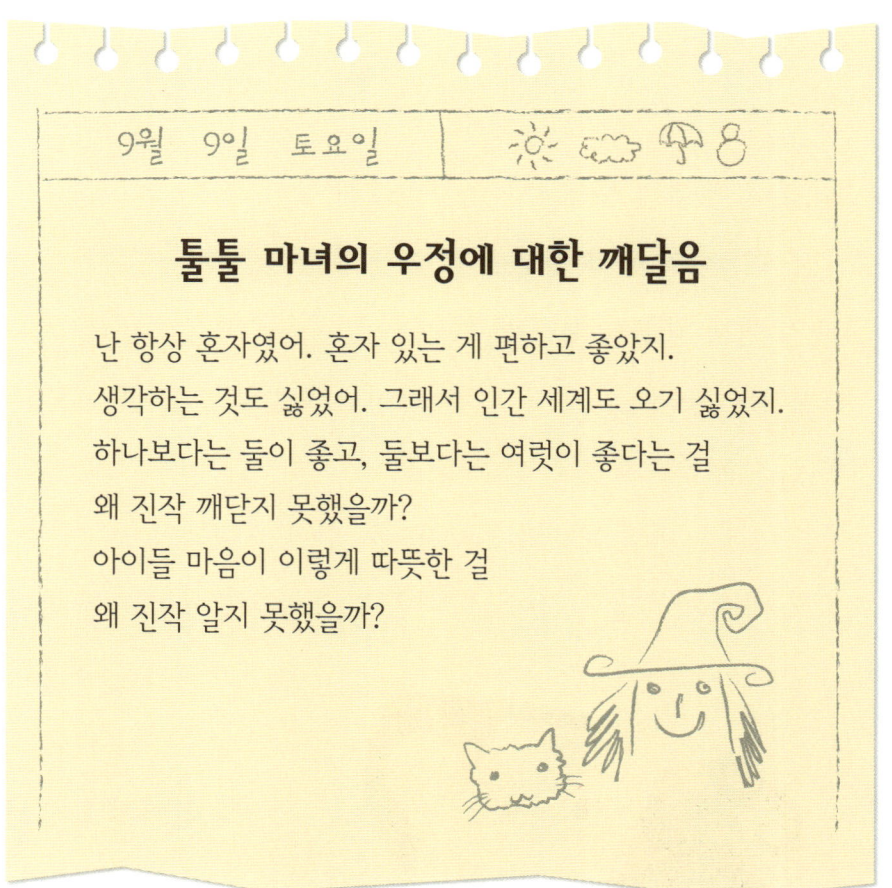

9월 9일 토요일

툴툴 마녀의 우정에 대한 깨달음

난 항상 혼자였어. 혼자 있는 게 편하고 좋았지.
생각하는 것도 싫었어. 그래서 인간 세계도 오기 싫었지.
하나보다는 둘이 좋고, 둘보다는 여럿이 좋다는 걸
왜 진작 깨닫지 못했을까?
아이들 마음이 이렇게 따뜻한 걸
왜 진작 알지 못했을까?

23. 툴툴 마녀,
진정한 친구가 생기다

"다음 주에 마법 세계로 돌아간다고?"

당당이가 깜짝 놀라 물었어.

"그걸 이제 말하면 어떡해?"

심심이도 울상을 지었지. 다른 아이들은 말할 것도 없었고.

"미리 얘기한다고 달라질 건 없잖아."

툴툴 마녀는 마법 세계로 돌아간다는 말을 오랫동안 망설였어.

하지만 이제는 말할 시간이 된 거야. 담담하게 말하는 툴툴 마녀

의 목소리에 아쉬움이

묻어 나왔어.

"이제 없어지지 않는

초콜릿은 못 먹는 거야?"

뚱땡이가 분위기를 깼지.

"으이그, 넌 먹는 것밖에 모르냐?"

당당이는 툴툴 마녀의 손을 끌고 운동장으로 나갔어. 운동장은 아이들과 추억이 가득한 곳이야. 아이들도 따라 나갔지.

"하마터면 하고 싶은 말도 못할 뻔했잖아."

당당이가 툴툴 마녀의 손을 꼭 잡고 큰 소리로 외쳤지.

"툴툴 마녀, 고마워!"

아이들도 당당이를 따라 외쳤어.

그리고 돌아가며 한마디씩 말을 했어.

"네가 아니었으면 까망콩을 아직도 따돌리고 있었을 거야."

"맞아. 우린 까망콩과 친구가 되어 정말 좋아."

나리가 까망콩의 어깨에 팔을 둘렀지.

까망콩도 수줍게 말했어.

"툴툴 마녀가 아니었다면 난 친구를 사귈 수 없었을 거야."

툴툴 마녀는 괜히 으쓱해졌지.

"그리고 또 하나, 우린 툴툴 마녀도 좋아해."

당당이가 툴툴 마녀를 바라보았어.

"툴툴 마녀, 우리가 네 친구라고 생각해?"

당당이 목소리가 떨렸어.

"물론이야. 우리 반 아이들 모두 친구잖아."

툴툴 마녀는 고개를 끄덕였지.

"사실 처음엔 툴툴 마녀가 엄청 싫었어."

당당이가 말했어.

"난 툴툴 마녀가 조금 무서웠는데."

까망콩도 말했지.

"그래서 지금도 내가 싫고 무섭다고?"

툴툴 마녀가 눈을 흘기며 말했어.

"아냐, 우린 알아. 툴툴 마녀가 얼마나 좋은 친구인지 말이야!"

나리가 훌쩍이며 말했어.

"우린 툴툴 마녀가 정말 좋다고!"

심심이와 뚱땡이도 목청껏 말했지.

"나도 너희들이 정말 좋아."

툴툴 마녀가 힘 있게 말했어.

"그럼 우린 언제까지나 친구인 거지?"

"그럼!"

툴툴 마녀는 어금니에 힘을 꽉 주며 대답했어.

툴툴 마녀 얼굴과 아이들 얼굴에 웃음꽃이 피었어.

"그럼 우리 맹세하자. 툴툴 마녀와 당당이, 심심이, 나리, 뚱땡이, 까망콩은 영원히 친구라고!"

"좋아!"

툴툴 마녀와 아이들은 손을 얹기 시작했어. 당당이 손 위에 심심이, 심심이 손 위에 나리, 나리 손 위에 까망콩, 까망콩 손 위에 툴툴 마녀.

툴툴 마녀는 맛있는 밥을 먹은 것처럼 배가 불렀지.

툴툴 마녀의 생각

진정한 '친구'란 무엇일까?

모든 아이들이 다 친구지만 그렇다고 모두 친한 건

아니잖아. 서로를 잘 알고 서로의 마음을 읽을 줄

알아야 진정한 친구라고 하는 것 같아.

당당이, 심심이, 나리, 까망콩, 뚱땡이.

나는 친구들 마음을 읽으려고 노력했던 적이 있었을까?

그러고 보니, 친구들은 항상 내 맘을 잘 읽었지.

내가 힘들 때, 어려울 때 날 기쁘게 해 주었잖아.

진정한 친구는 가족처럼 소중하다는 걸

왜 일찍 알지 못했을까?

툴툴 마녀가 친구에게 보내는 편지

얘들아, 안녕!

너희들은 정말 끝내주는 친구들이야.

우리가 친구 맹세를 할 때 내 마음이 얼마나 짜릿했는지

모를 거야. 내가 아니었다면 깊은 마음씨를 가진 까망콩과

친구가 되지 못했을 거라고 했지? 아니야. 너희들도 까망콩의

진짜 모습을 언젠가 발견할 수 있었을 거야. 나처럼 까망콩과

짝이 되었다면 말이야. 너희들은 정말 멋진 아이들이니까.

난 한 번도 '친구'를 가진 적이 없었어. 필요 없다고 생각했으니까.

하지만 내가 틀렸어. 이렇게 든든하고 세상을 다 얻은 것처럼

힘이 난다는 걸 왜 몰랐는지 모르겠어.

내 친구들!

툴툴 마녀의 친구들!

우린 영원한 친구야. 정말이야.

모두들 사랑해!

- 툴툴 마녀가 -

24.마법 세계로
갈 시간이 오다!

"툴툴 마녀님! 너무 좋죠? 드디어 오늘이 마녀 세계로 돌아가는 날이잖아요."

샤샤가 방긋 웃으며 말했어.

"응."

툴툴 마녀는 건성으로 대답했어.

"목소리는 하나도 안 좋은데요?"

"네가 뭘 안다고 그래?"

툴툴 마녀는 기분이 이상했어. 마법 세계로 돌아갈 날을 손꼽아 기다렸는데 막상 그날이 오니까 허전한 마음이 들었어.

"학교 가서 아이들에게 작별 인사해야지요."

"그럴 거야."

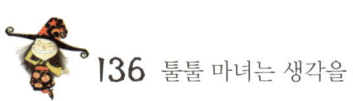

툴툴 마녀의 걸음이 무거웠어.

일찍 학교에 온 툴툴 마녀는 학교 운동장을 '휘' 한 번 둘러보았어. 운동장에서 아이들과 뛰어놀았던 기억들이 새록새록 떠올랐지.

층계를 올라 교실에 다다랐어.

선생님 책상, 아이들 책상, 반질반질하게 닦인 툴툴 마녀와 까망콩의 책상도 보였어. 툴툴 마녀는 가만히 책상에 앉아 눈을 감았어. 아이들 웃음소리, 떠드는 소리, 큰 소리를 내며 싸우는 소리가 들리는 것만 같았지.

툴툴 마녀의 생각

헤어지는 건 너무 괴롭고 슬픈 일이야.
이럴 거면 처음부터 친해지지 말걸 그랬어.
아냐, 아이들과 만나지 못했다면 지금의 나는 아마
없었을 거야. 마왕은 이런 걸 처음부터 알고 계셨을까?
그래서 나를 인간 세계로 보내신 걸까? 울지 말아야 해.
내가 울면 아이들도 따라 울 테니까.
하지만 너무 괴로워. 앞으로 누군가와 헤어지는 일은
정말 없었으면 좋겠어.

수업을 시작하기 전에 선생님이 말했어.

"여러분, 오늘은 툴툴 마녀가 마법 세계로 떠나는 날이에요. 툴툴 마녀, 앞으로 나와서 친구들에게 인사하도록 해요."

툴툴 마녀가 앞으로 나갔어.

"얘들아, 너희들에게 뭐라고 말해야 좋을지 모르겠어. 그동안 내가 잘못한 게 있으면 다 용서해 주었으면 좋겠어."

그러자, 당당이가 소리쳤어.

"툴툴 마녀, 안 가면 안 돼?"

다른 아이들도 소리쳤지.

"가지 마, 툴툴 마녀!"

툴툴 마녀는 목이 메었어. 아이들에게 눈물을 들키지 않으려고 고개를 푹 숙였지.

"너희들 덕분에 난 많이 변하고 성장했어. 고마워, 얘들아."

툴툴 마녀는 '쿵쿵' 발소리를 내며 교실 밖으로 나갔어. 운동장을 걸을 때 아이들이 외치는 소리가 들렸지.

"잘 가, 툴툴 마녀. 우리 절대 잊으면 안 돼!"

툴툴 마녀는 마음속으로 대답했어.

'그래! 그래!'

샤샤는 얼굴에 반질반질 물기가 어린 채 돌아온 툴툴 마녀를 토닥거렸어.

"만남이 있으면 헤어짐도 있는 거예요. 그러면서 어른이 돼 가는 거지요."

"그래도 이런 건 너무 싫다고."

툴툴 마녀가 '엉엉' 소리를 내며 울었어.

샤샤는 툴툴 마녀 대신 짐을 챙겼어. 그러다가 툴툴 마녀의 가방에서 편지 하나를 발견했어.

"툴툴 마녀님, 편지가 있어요."

아이들이 보낸 편지였어.

툴툴 마녀의 눈에는 또다시 그렁그렁 눈물이 맺혔지.

"툴툴 마녀님, 그거 알아요?"

"뭘?"

"툴툴 마녀님이 참 많이 달라진 거요. 전에는 아무 생각도, 관심도 없는 마녀였잖아요. 그땐 툴툴 마녀님의 눈을 보면 늘 텅비어 있는 것 같았거든요."

"내가 그랬어?"

"그런데 지금은 눈이 반짝거려요. 그 눈빛 안에 용기도, 꿈도, 우정도 모두 살아서 반짝거린다고요."

툴툴 마녀는 눈물을 닦으며 샤샤를 바라보았어.

"샤샤, 사실 부끄러워서 아직 못한 말이 있어. 나랑 같이 와 줘서 고마워."

"그 마음, 전 벌써 알고 있었는걸요."

툴툴 마녀도 느낄 수 있었어. 차가웠던 마음속에서 향기 나는 꽃 한 송이가 피어났다는 것을. 툴툴 마녀는 이제 아무 것도 두렵지 않았지. 어른이 되는 것도 말이야.

"안녕, 내 친구들."

툴툴 마녀는 마음 깊은 곳에서 친구들에게 마지막 작별 인사를 했지.

이별을 받아들이는 법

누구에게나 헤어지는 순간은 찾아오지.

병석에 계시던 할아버지가 돌아가신 날

예삐가 저 세상으로 간 날

단짝 친구가 다른 나라로 이민 간 날

이렇게 헤어지는 순간이 오면 어떻게 받아들여야 할까?

매일매일 울기?

가지 말라고 떼쓰기?

방 안에서 나오지 않기?

헤어진 사람을 생각하며 아무 것도 하지 않기?

하지만 이건 헤어짐을 받아들이는 올바른 방법이
아니야. 좋아하는 사람이 떠났다고 해서 그 사람이
내 맘속에서 떠난 건 아니잖아.
마음속에 간직해 두고 잊지 않으면
언젠가 더 반갑고 기쁘게 만날 수
있어. 저 먼 하늘로 가신 할아버지나
예삐도 분명 널 지켜보고 있을 거야.

✉ 안녕, 나 당당이야!

쓸모없는 사다리 당당이 말이야. 헤헤~

넌 우리와 다를 거라고 생각했는데, 알고 보니 우리랑 통하는 게 많은

멋진 마녀야. 그리고 나한테 "늘 당당한 모습이 좋다."고 한 거

정말 고마워. 난 언제나 당당하게 잘 지낼게.

너도 마법 세계에 가면 꼭 지금처럼 멋지게 지내야 해!

✉ 난 심심이.

툴툴 마녀, 안 가면 안 돼? 네가 있어서 안 심심하고 좋았는데.

너랑 자전거도 타고, 서점에도 가면서 게임하는 시간을 줄일 수 있었어.

우리 엄마가 널 엄청 좋아하셔. 나중에 또 오면

그땐 정말 재미난 놀이 같이 해야 해? 알았지? 잘 가~

✉ 네 친구, 뚱땡이야!

네가 준 초콜릿을 아직도 잊을 수가 없어.

나처럼 뚱뚱한 애가 풍선을 타고 둥실 떴다면 누가 믿겠어?

다음에도 빗자루 꼭 태워 줘. 널 절대 잊지 못할 거야.

그리고 난 이제 살 좀 뺄 테니까, 넌 살 좀 쪄!

✉ 툴툴 마녀, 나 나리야.

너 때문에 아이들에게 오해도 받았지만 지금은 다 즐거운 추억이 됐어.
나보고 예쁘다고 말해 줘서 고마워. 그거 아니? 넌 얼굴보다 마음씨가
더 예쁜 마녀야. 너와 친구가 될 수 있어서 난 무지 행복해.

✉ 내 짝꿍 툴툴 마녀, 나 까망콩이야.

까맣고 작다고 아이들에게 왕따를 당해 오다 네가 내 짝꿍이 되었을 때
맘속으로 '야호'를 불렀던 거 아니? 왠지 너와 함께 있으면 근사한 일이
만날 만날 생길 거 같았어. 나에게 친구를 주고 떠나는 너를 정말
잊지 못할 거야. 마법 세계에 가서도 넌 좋은 마녀가 될 게 틀림없어!
잘 가, 내 친구 툴툴 마녀.
그리고 많이 많이 사랑해!

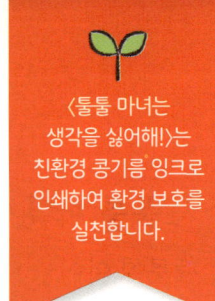

〈툴툴 마녀는
생각을 싫어해!〉는
친환경 콩기름 잉크로
인쇄하여 환경 보호를
실천합니다.

1쇄 • 2011년 11월 9일
8쇄 • 2016년 5월 25일
글 • 김정신
그림 • 마정원
발행인 • 허진
발행처 • 진선출판사(주)
편집 • 이미선, 최윤선, 권민성
디자인 • 김연수, 고은정
총무/마케팅 • 유재수, 라미영, 김수연, 김사롱
주소 • 서울시 종로구 삼청로 59 (팔판동) 대표전화 (02)720 – 5990
        팩시밀리 (02)739 – 2129 홈페이지 www.jinsun.co.kr
등록 • 1975년 9월 3일 10 – 92
제조국명 • 대한민국
사용연령 • 8세 이상
※책값은 뒤표지에 있습니다.
글 ⓒ 우리누리, 2011 그림 ⓒ 마정원, 2011
편집 ⓒ 진선출판사(주), 2011

ISBN 978–89–7221–727–5 63810
ISBN 978–89–7221–800–5 (세트)

진선아이 는 진선출판사의 어린이책 브랜드입니다.
마음과 생각을 키워 주는 책으로 어린이들의 건강한 성장을 돕겠습니다.